汪国真和他的朋友们

汪国真 等 / 著
汪玉华 / 编

友情是相知。
当你需要的时候，你还没有讲，友人已默默来到你的身边。
他的眼睛和心都能读懂你，更会用手挽起你单薄的臂弯。
因为有友情，在这个世界上你不会感到孤单。

文化艺术出版社
Culture and Art Publishing House

没有比人更高的山

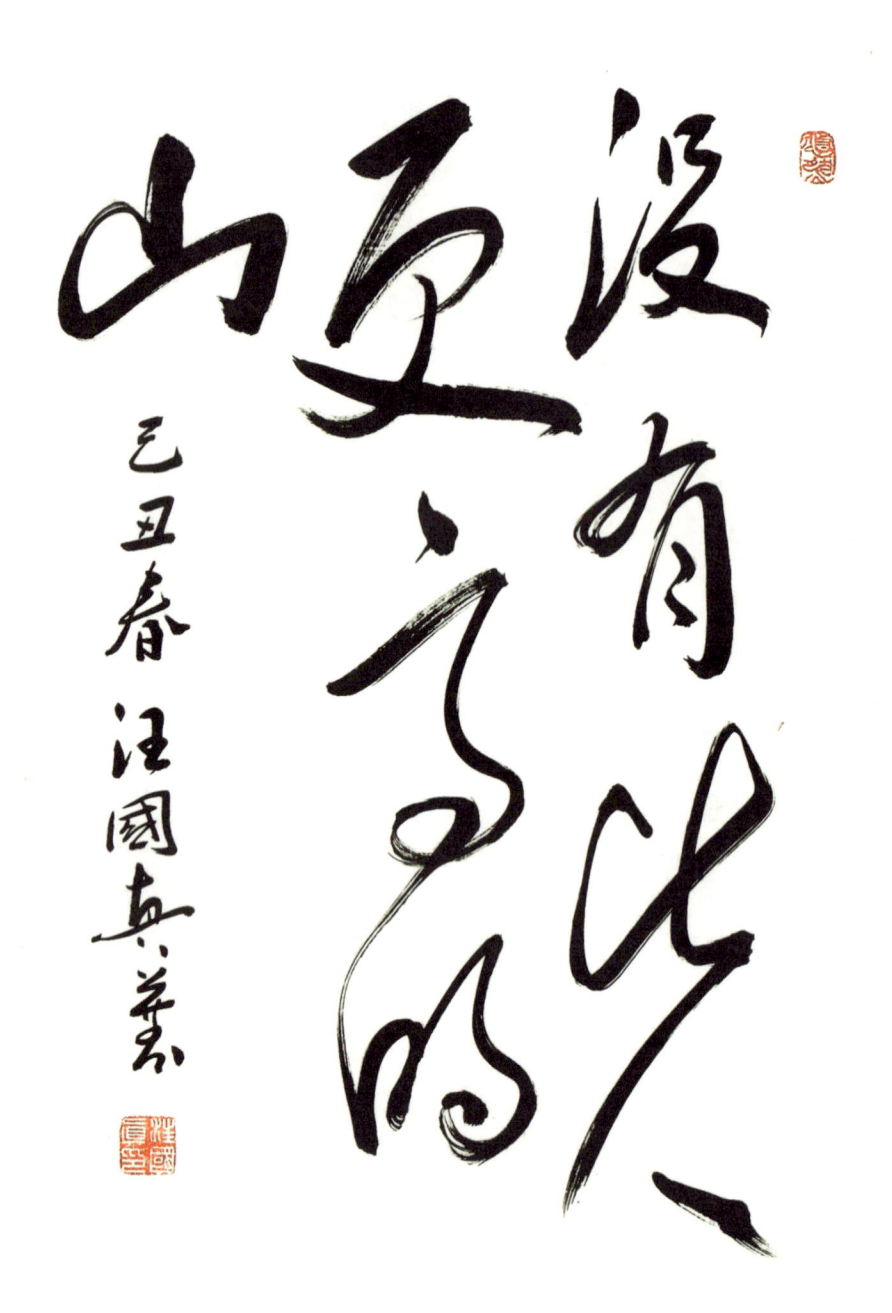

己丑春 汪国真书

汪国真书法作品

1972年全家福

汪国真

2008年10月，汪国真、汪玉华兄妹合影

汪玉华

汪国真　2004年2月29日　黄建明摄

汪国真　2006年8月11日　黄建明摄

汪国真　2008年10月

汪国真　2010年11月28日　黄建明摄

汪国真绘画作品

汪国真绘画作品　2010年10月13日　黄建明摄

2023年12月5日，在中国工艺美术馆会议室，参加汪国真作品研讨会的部分人员合影

2023年12月5日，汪国真母亲李桂英、胞妹汪玉华与莫言等在中国艺术研究院文学艺术院成立二十周年艺术作品汇报展上合影

2023年12月5日，汪国真母亲、妹妹与朱乐耕在中国艺术研究院文学艺术院成立二十周年艺术作品汇报展上合影

2023年12月5日，汪国真胞妹汪玉华与朱乐耕（中）、徐福山（左）在中国艺术研究院文学艺术院成立二十周年艺术作品汇报展上交谈

2023年12月5日,中国艺术研究院文学艺术院成立二十周年艺术作品汇报展合影

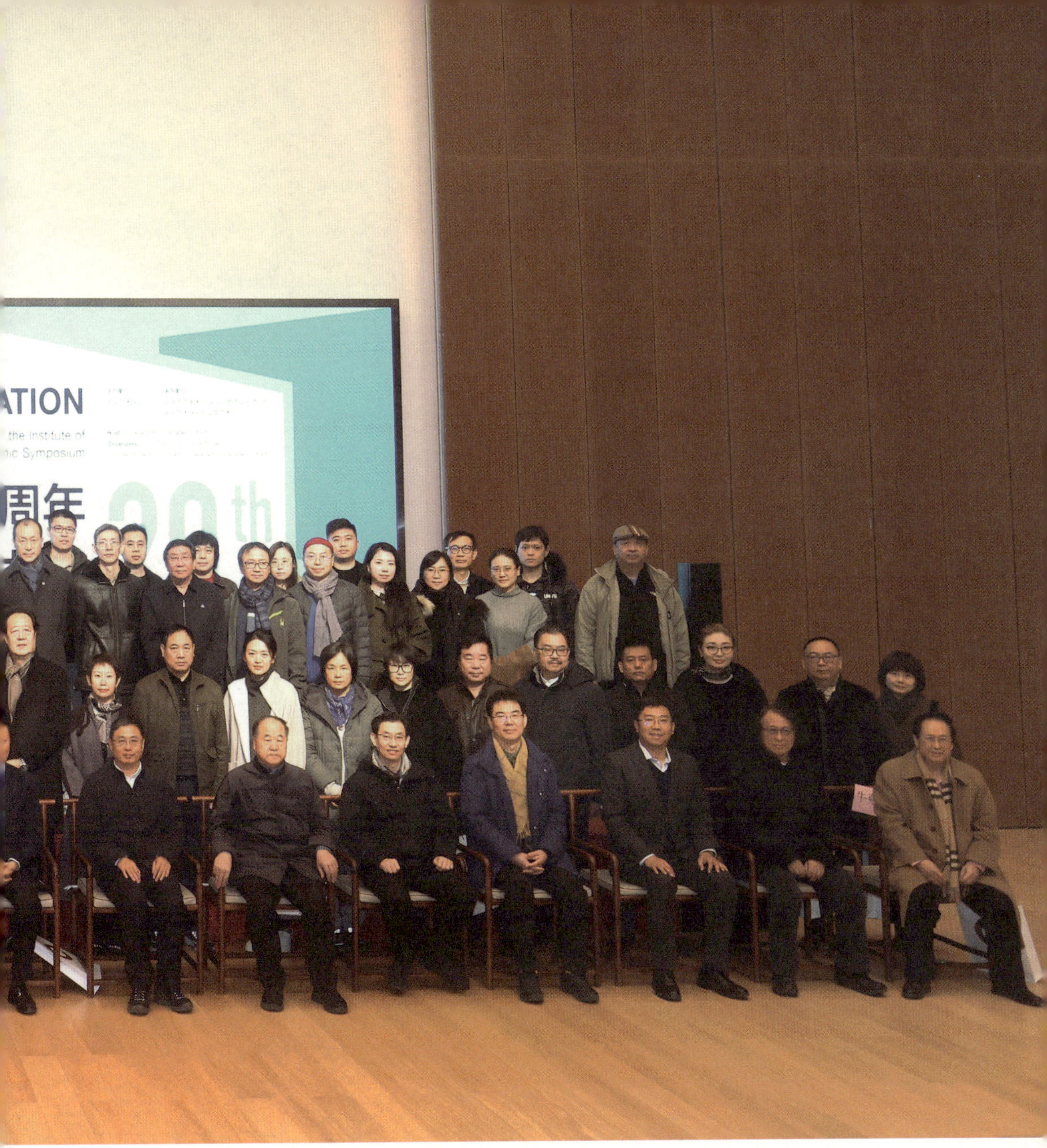
ATION
the Institute of
nic Symposium
周年
th

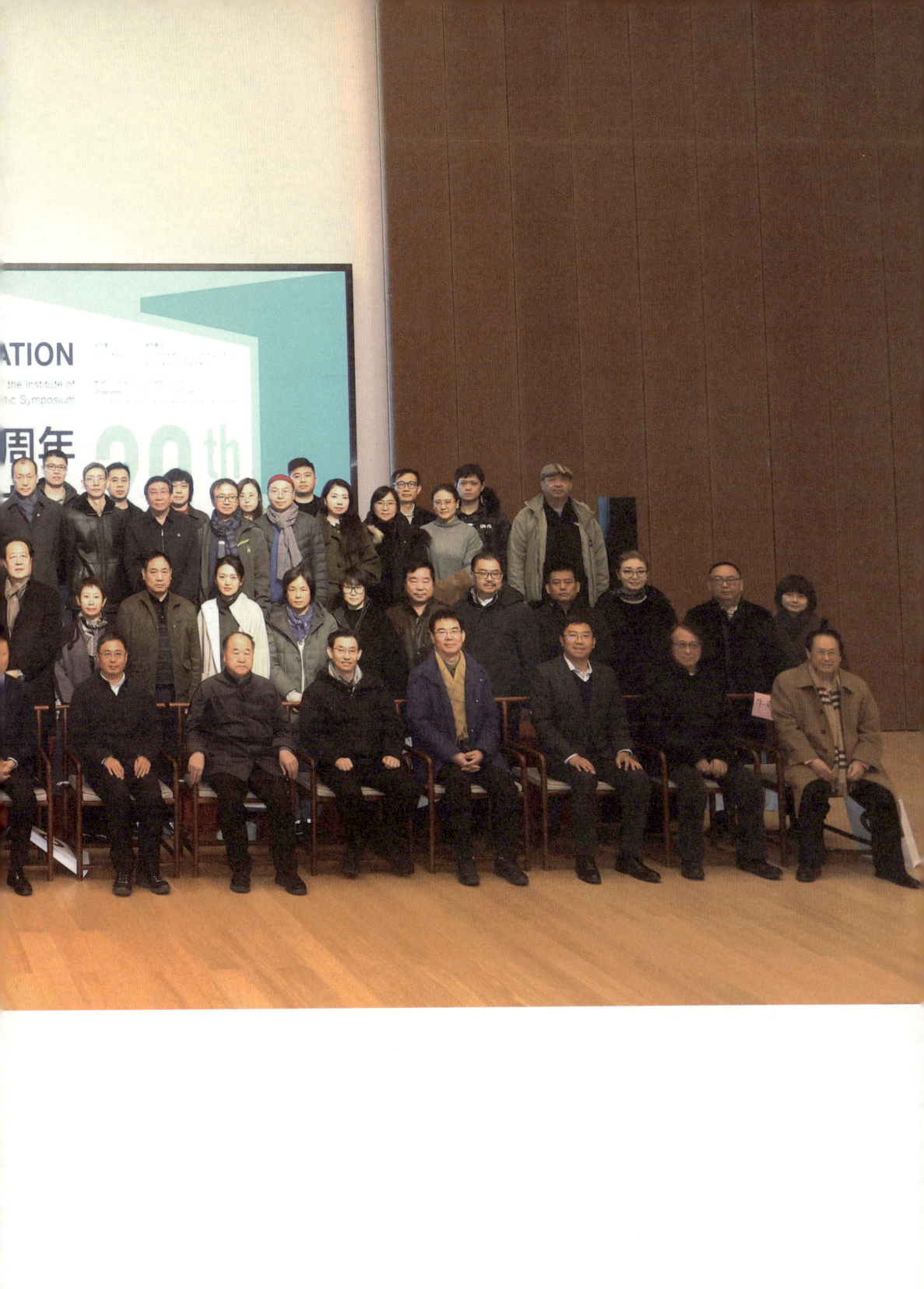

诗与生命的辉映

——回忆汪国真

王文章

诗人汪国真之妹汪玉华女士编辑汪国真的纪念文集，将汪国真生前的同事、朋友及他的作品的一些读者的回忆文字汇集出版，在汪国真逝世十周年之际，纪念这位曾以自己的诗歌闪耀的光亮照亮读者，特别是年轻人前行之路，至今其诗作仍在中国诗坛熠熠生辉的时代的歌者。

回首中国诗坛，半个多世纪以来，群星闪耀，留下了多少脍炙人口的诗歌杰作，但就诗人作品影响力的广泛性、群众性而言，汪国真无疑是其中为数不多的一位。汪国真的上千首诗歌，语言平易而澄澈，蕴涵着对生活的热爱、对梦想的追求、对人生的思考，洋溢着青春的奋发与激情，他诗歌中那份纯粹的生命力量直抵人心。

作为汪国真曾经的同事和朋友，他的诗、他的书法和歌曲，有时仍会是大家讨论的话题。诗歌之外，他与大家相处的过往，他朗诵诗歌时的神态，他的激情言说，他的音容笑貌，也是同事、朋友们永远的记忆。他的诗集，一直摆在我的书柜里，有时翻阅，总会沉思良久。

我与汪国真相识于1982年年底一天的下午。那时，他在中国艺术研究院文化艺术出版社《中国文艺年鉴》任编辑。编辑部设在现恭王府博物馆东侧一个小院落内的三间平房中。我是应编辑部之约撰写北京戏剧舞台演出年度概述的文章而去送稿子。当时院内杂居着未搬迁的居民，我穿过用草绳隔离着的，种有菠菜、韭菜的菜地小径，进入编辑部的办公室，见到汪国真并由此认识汪国真。他说编辑部只有两人，主任不在，让我把稿子留下。他自我介绍，说刚来工作时间不久，自己是搞文学创作的，也写诗，不懂戏剧。诗歌是年轻的文学爱好者心中的女神。此前我也曾爱诗、读诗、写诗，手抄了好几本喜爱的诗歌，后来自知不具诗歌创作的才情、激情而放弃了。但当时诗歌仍然是我喜爱的话题，听汪国真说他写诗，我们便从当时的诗坛及诗作，又聊到20世纪60年代初、中期诗人。记得汪国真说他喜欢李白、杜甫、白居易，我们谈到艾青、贺敬之、郭小川及朦胧诗派、大学生诗派等。他说喜欢现代那些诗句明白如话、节奏感强又有诗情哲理的诗作，但现在的诗句让人理解起来很费脑筋。记得他还有一句让我印象很深的话是"要做平民诗人"。谈话中，我们还感慨年轻人作品发表不易。后来我知道，那一段时间前后，是汪国真正屡遭退稿的时期。但后来他曾讲到写诗是"对自我迷茫的回应"，是"对生命的激励"，诗歌是灵魂的出口，即便无人喝彩也要为自己而写。正是他的这种坚持，一直追着心中的那束光向前奔跑，才成为时代的歌者。

后两年，为了另外稿子的事，我又去过编辑部几次，汪国真也因事路过沙滩来过几次我工作的文化部艺术司戏剧处，但编辑部或办公室都有其他人在忙碌，我们未再做过深入交流。只记得大概是1990年年底的一个上午，他来见我后说中午要请我去吃饭，很高兴地告诉我不少出版社要出版他的诗集，约稿、催稿的报刊也很多，现在没时间睡觉了。想起八九年前感慨诗歌发表难的时候，现在我真是替他高兴。没想到，2000年，我由文化部艺术司司长调任中国艺术研究院副院长兼文化艺术出版社社长，由此与汪国真成为同事。那时文化艺术出版社正处于停产整顿期间，生产和经济状况难以为继。汪国真来看我，我半开玩笑半认真地说："这一时期对你是好事啊，你正可以多到外地跑跑，考察演讲，签名售书，感受时代，葆有激情，多创作。"但汪国真忧虑的是出版社的前途和未来，没有说他的诗，却很认真地说起出版社应如何改变现状的问题。因为当时出版社面临的急迫问题是国家新闻出版总署解禁恢复出版社正常生产等问题。汪国真对他大学毕业即进入的文化艺术出版社是有感情的，他正是在这里成长起来的，这里的工作环境和文化氛围是他创作灵感养成的因素之一。写作此文之时，回忆当时情境，我没有回应他在认真地讲的改变出版社困境的思考，不知他当时是何感想。不久后，我即向文化部提出辞去兼任的出版社社长职务。之后出版社作为中国艺术研究院下属机构，由分管副院长负责，我就很少去出版社了。忙于繁杂的日常事务性工作，业余又忙于自己的专业学术研究，几年间，竟没有再与汪国真当面作深入的交流。

大概2005年四五月间，艺术研究院有同志拿给我一份报纸，记者报道汪国真因在出版社落聘，陷入生活困难的状况。看报纸后我立即电话询问出版社社长情况，他告诉我全社实行全员聘任制，以能否完成编辑书稿指标双向选择聘任。汪国真因写作肯定影响编辑任务完成，落聘是真实情况。此前几年，《中国文艺年鉴》因出版经费困难早已停刊，已担任编辑部主任的汪国真早就已转任图书编辑。接着，我便给汪国真电话，询问相关情况。汪国真告诉我，写作放不下，编辑任务完不成，落聘也是应该的。只拿待聘基本工资，收入减少，但不至于生活困难，并让我放心。我问他为什么事先不告诉我一声，他说全院都实行全员聘任制，我告诉你只会让你为难。了解情况后，我即在院班子会上说明了整个情况，提出可把汪国真调入中国艺术研究院的艺术创作研究中心，聘任他为艺术创作研究中心主任，让他专心诗文创作。艺术创作研究中心此前已汇聚了一批在国内外有重要影响的文学家、艺术家，国际著名的陶艺家朱乐耕担任院长，著名剧作家、国家京剧院原院长王勇担任副院长，享誉国际的当代画家徐累、著名琵琶演奏家吴玉霞等都在这个部门，后来担任文学院院长的作家莫言刚调入研究院时也在这里。他们以自己的文学艺术创作的前沿性、创新性及其重要成就奉献于社会，并都担任研究生院学生的指导教师，为国家培养优秀人才。院班子会上大家一致同意这一意见，分管副院长与出版社领导和汪国真谈话后即正式宣布决定，汪国真由此以艺术创作研究中心主任的岗位职责，担负起组织艺术创作、研究、传播的工作职能。他热心地组织各种文学艺术创作、研讨及艺术表演活动，与同道、学生分享创作经验心得，他的热情、坦诚感染着身边的每一个人。

　　汪国真调入艺术创作研究中心后，我曾去他的办公室看过他。虽同在一个办公大院，但忙的内容不同，见面的机会并不多。2009年下半年，他为了筹备将于年底在北京音乐厅举办的个人作品音乐会，约我想听听我个人的意见。那时，除了诗歌、文学创作，他也以比较多的精力转向歌曲、书法创作。那一个下午在我办公室我们从5点谈到8点多，他谈了音乐会舞台演出构想，谈到作曲与歌词的融合，也谈到书法。无疑，每一种艺术门类本体规律的独特性，非本专业有造诣者所能窥见，仅从艺术一个角度达致的表现而能体现其高度者更是不多。汪国真当代诗歌创作境界令读者特别是青年读者神往，但他对歌曲音乐旋律的丰富性和技巧、个性的把握，当然不会像专业作曲家那样娴熟，他的优势是对古典诗词节奏、韵律、音调音乐性的理解，特别是以自己的诗歌作歌词的情感体验，都比一般的歌曲的词、曲作者具深刻性。汪国真对待自己的歌曲作曲是像前期诗歌创作那样真挚投入的，他认为用音符传递梦想，给诗歌插上音乐的翅膀，就会使诗歌走向更多的读者。实际上他从2001年起即学习研究音乐作曲，将音乐作曲视作表达自己人生理想情感的重要方式之一，他曾表示"预计将来自己的音乐影响力会超过诗歌"，希望人们能像喜爱他的诗歌一样看待他的音乐创作，让音乐与诗歌共同走向更多的读者、听众，并在时间与读者的检验中沉淀价值。他努力追求音乐的独特性，他说他的歌曲要以"易唱好听"的旋律、音调，让年轻人特别是青少年学生唱起来，传播中国的诗词文化。

2008年，我虽然仍兼任中国艺术研究院院长，但主要工作转到了文化部。后几年间，我们在文化部见过三次，每次的话题中他的音乐创作都占了不少的内容。音乐归根到底是综合性的演奏艺术，舞台演奏呈现是它的完整呈现形式，演奏乐队等艺术要素与经费投入的整合，非一介书生所能完成，更惜天不假年，汪国真的音乐之梦没有像他的诗歌那样插上飞翔的翅膀。但他留下的四百多首诗词歌曲，还有他别具个性特色的书画作品，都是应该珍视的艺术遗产。他的诗歌朗诵、歌曲演唱和书画展览，如能整体展现出来，那该是多好的艺术盛事。

作为与汪国真相识三十多年，共事十多年的同事和朋友，我见证了他从文学青年到著名诗人的人生历程，不仅深深地感受到他诗歌中那份纯粹的生命力量，那份澄澈的情感襟怀，也感受到他既沉稳内敛而又激情豪放。他的创作成就，像其他那些杰出的文学艺术大家一样，都是经过舍命的心血消耗和劳动的付出而取得的。在我任职中国艺术研究院的近十六年间，看到汪国真及中青年美术史家刘晓路、摄影史论家张谦、民间美术特别是中国年画研究学者王海霞，都是以生命与心中追求的艺术的极致世界相搏而早逝，每每思及都感心中隐隐痛惜。他们已去，但都留下了今天仍然让人珍视的专业成就，他们的思想智慧，仍然熠熠生辉。

于汪国真而言，当然他于时代最杰出的贡献，首先还是诗歌创作。尽管在今天仍然有人认为他的诗浅显平白，难登诗歌创作的大雅之堂。写此序言之时，我再一次翻阅《风雨兼程：汪国真诗文全集》，更清晰地认为，汪国真的诗是我国改革开放新时期以来诗歌创作的一个高峰。诗歌创作的样式、体裁、风格丰富多彩，每一个杰出的诗人都是以独特的创造个性攀登创作的高峰。汪国真正是以自己独特风格写下的千余首诗作，成为时代诗坛的一个标志。对于汪国真和他的诗，我一直怀有"钦敬"之心，虽然他的诗并不是每一首都是杰作。他生前，在中国艺术研究院内或艺术活动场合见面，互相问候近况的时候多，肯定他创作的时候多，但记得他也曾问过我他的诗是否"浅白"，我肯定地告诉他，他的诗通俗不媚俗，难得的是通俗性与哲理性兼得，以"青春的语言"对应读者对象，年轻人喜爱就是"奖章"。汪国真逝世之后，中国艺术研究院、北京世纪视觉文化传媒有限公司等单位曾在2015年、2016年举办过"诗人汪国真追思会"，我都写了发言稿参加追思会并发言。写作此文，想翻检这两篇文稿却都未有找出，搜索互联网上对这两次追思会的有关报道，现对当时引用我原文对汪国真和他的诗作评价的报道文字的要点，摘要抄记如下：

关于汪国真诗歌的价值，王文章指出，汪国真的诗歌具有独特的艺术性和时代性。尽管其创作风格曾引发争议，但时间证明了其作品的持久生命力："任何具有独特性的文学艺术创作，在某一段时期都有可能不被人们广泛认知。但汪国真的诗在今天仍然被很多人记在心里，大众性的肯定已充分说明他是中国当代著名诗人。"他强调汪国真的诗歌"贴近普通人"，"与年轻人心灵相通，充满了能带动人深入思考的激情"，与改革开放时代青年人的精神需求紧密契合，其诗句"启发他们深入思考，激励他们在改革开放时代奋勇向前"。

王文章将汪国真视为"一个时代的文化符号"。其诗歌不仅承载了个人理想，更反映了社会转型期青年群体对理想主义与生命热爱的集体追求。认为他的作品与20世纪80年代以来的优秀流行文化一样，是"艺术土壤上的水到渠成之作"，并强调其诗歌在青年群体中的广泛传播具有不可替代的意义。

他认为汪国真的诗歌"将中国传统诗歌的节律美和现代新诗的口语化完美统一"，这种风格为中国新诗的发展提供了一个重要方向。其作品如《热爱生命》等，因朗朗上口、意象明快，成为"励志诗歌"的典范。

他评价汪国真为"内心纯净的人，跟时代贴近的人"，并断言"他的诗永远不会过时"。在追思会发言中，王文章多次提到汪国真诗歌的独特价值，认为其作品"通俗而不低俗"，以简洁的语言传递深刻哲理。

王文章称汪国真"谦虚、真诚、富有责任感"，并提到两人私交中的细节，如汪国真对艺术创作的严谨态度和对后辈的提携。他说"汪国真内心充实，没有枉过一生"。王文章认为，汪国真的成功不仅是个人成就，更是"改革开放后中国多元文化发展的缩影"，其诗歌的流行反映了社会对积极精神追求的渴望。

面对文学界对汪国真诗歌"浅白化"的批评，王文章明确表示尽管汪国真的诗歌曾因其通俗性引发争议,但其"清新真挚"的风格和激励人心的内核,使作品超越了时代局限,"有那么多普通读者喜欢并肯定他,这是最值得骄傲的"。"汪国真诗歌的价值,会随着时间越来越被人认知,这点我毫不怀疑。"

王文章的发言始终围绕两条主线:一是肯定汪国真诗歌的通俗性与精神感召力,二是强调其作品在当代文学史上的独特地位。他多次引用汪国真诗句"既然选择了远方,便只顾风雨兼程",认为这种积极的人生态度既是诗人的人生写照,也是其诗歌广泛传播的核心原因。

在追思活动中,王文章发言中哽咽,表达了对汪国真早逝的痛惜。他提道:"作为同事,我们非常思念他,作为诗人,我们从心里钦敬他。"同时,他对汪国真在生命最后阶段保持创作热情和乐观态度表示钦佩。

近十年前对汪国真和他的诗的评价,当然也带有我个人的情感因素在内。但今天翻看《风雨兼程:汪国真诗文全集》,从更开阔的文化视野看汪国真的诗,更深感汪国真不是孤芳自赏,他的诗不是象牙塔里的浅吟低唱,打破了诗歌与大众的隔阂,尤其在校园文化中影响深远,他是为时代而歌,为青年人而歌,并且鲜明地表达了青年人和时代的心声。所以我认为他的诗是我国改革开放新时期以来诗歌创作的一个高峰。我个人认为,就诗歌评价而言,应有三个层次,首先应该是能与读者会心,读之使人怦然心动，似与挚友对谈，心有灵犀；再是能给人以智慧、启迪，启人心智，扩人心境；再高一层次是可读可吟可唱，流韵畅怀，使人精神感奋，家国情怀，畅然于胸。汪国真的诗具备这三个层次。20世纪90年代，他的诗集以百万册的销量发行全国，成为一代青年人的"心灵教科书"，年轻人争背争诵，中学生抄录其诗句于日记本，大学生和很多年轻人以《跨越自己》砥砺前行。而反观当下的诗歌创作，探索创新发展的同时，也有两个突出的现象，一是脱离时代与现实，没有生活的体验和思想的感触强作诗，无病呻吟，甚至以浅薄庸俗作炫耀，以文字排列的形式感为形式创新；二是诗歌"不破圈"，或说是自我禁锢，自己写诗自己读，写诗的人比读诗的人多。正是今天诗歌创作的这些突出的现象，从另一个方面凸显出汪国真诗歌现象的当代深层价值意义和当代诗歌史的意义。汪国真的诗是以灵魂的独奏引发年轻人发自心底的和声和共鸣。

汪国真离我们远去快十年了。回想2015年4月底的一天，我与朱乐耕同志去北京西郊的302医院看望病中的汪国真。见到我们来看他，他很高兴，要下地坐到椅子上，我们坚持让他斜躺在病床上。见他脸、手肤色几乎变黄，说话吃力，我与他双手紧握。此刻我突然想到有一年到友谊医院去看望病重的周而复先生，见他就是这样的肤色，几天后便去世了。我内心沉重，竟一时无言。汪国真说："谢谢你们来看我。"他对我说："你永远是我心中最好的院长，谢谢你。"我知道自己从履行岗位职责的角度讲差距甚远，这很大程度上是出于个人感情的一句话，但我知道我们的心是相通的，我强忍没回话才忍住眼泪。我只听他讲到自己创作熬夜，吃饭不规律导致生病，要我们注意身体。他还向我们介绍站在病床边的他的儿子，在读大学的、很文艺的一个小伙子。看他说话有些喘息，我便说："代表院里的同志们来看你，大家都很挂念你。你要安心休养，早日康复。"让他躺好，我便与朱乐耕同志到医院肝胆外科办公室，听取医院领导和科主管医生、护士介绍汪国真的病情和治疗方案。病情很不乐观。我请医院用最先进的治疗技术和最好的药治疗汪国真的病，不考虑医疗费用。我知道，公费之外，缺多少钱，汪国真的同事、朋友都会伸出帮助之手。医院的这十几位同志说他们都读过汪国真的诗，有的还是他的"诗迷"，他们会竭尽全力治疗。

　　回到病房，向汪国真说了医院会有好的治疗方案进行治疗，请他配合好，还向他讲了医生护士对他诗的喜爱。这时，汪国真又坚持坐起来，兴奋地对我们说习近平总书记在 APEC 峰会讲话中也引用了他的诗句：没有比脚更长的路，没有比人更高的山。此刻，我深感汪国真对自己的诗歌被总书记肯定，被那么多读者肯定，内心是欣慰的、满足的。斯人已逝，诗魂长存。汪国真在《热爱生命》中写道："只要热爱生命，一切，都在意料中。"他传达的是生命的积极与豁达的人生态度。"没有比脚更长的路，没有比人更高的山。""既然选择了远方，便只顾风雨兼程。"汪国真的文字传达的温暖、真诚和坚韧的精神力量长存于人间。

2025 年 2 月 19 日 于北京

（王文章，研究员、博士研究生导师，原文化部副部长兼中国艺术研究院院长）

目 录

汪国真诗歌精选

我微笑着走向生活……2
春天来了……3
慈母心……4
即便成功使我们声名远扬……5
母亲的爱……6
南方和北方……7
秋日的思念……8
荣　誉……9
我　愿……10

一　夜……11
走，不必回头……12
妙龄时光……13
热爱生命……14
如果生活不够慷慨……15
海边的遐思……16
平凡的魅力……18
我喜欢出发……20
友情是相知……22

雨的随想……24

不仅因为……26

假如你不够快乐……27

美好的愿望……28

贫　穷……29

惟有追求……31

山高路远……32

剪不断的情愫……33

高山之巅……34

给父亲……35

故乡的雨……36

旅　程……38

我不期望回报……39

早点回家……40

感　谢……42

赠……43

让星星把我们照亮……44

心　曲……45

留　学……46

迟　到……47

有云的日子……48

永恒的心……49

无　题……50

名　人……51

独　语……52

走出栅栏……53

如果你选择了路……54

自　勉……55

不　是……56

远离爱情……57

看　海……58

暮色中的山峰……59

住进高楼……60

有一次碰杯……61

艺术及其他……62

倾　听……63

向天空拔节……64

看海棠树上……65

千年的等候……66

风……67

月　光……68

晚　恋……69

生　活……70

馈　赠……71

回忆汪国真

戴瓜皮帽的小男孩——忆国真 / 赵小捷……74

我家与汪国真家的点滴往事 / 王　丹……80

山高人为峰——怀念汪国真 / 常丰威……85

远去的背影 / 杜卫东……89

三十五载诗意相伴——与汪国真诗歌同行的心灵之旅 / 河　山……129

他轻轻地来了，又轻轻地走了——我所知道的汪国真 / 张宝瑞……133

兄长，你好吗？ / 卢　硕……145

"生命是自己的画板，为什么要依赖别人着色"
　　——记我和汪国真诗歌的28年 / 王艳锋……152

汪洋人海君何在　知音缘艺思国真 / 袁　艺……159

亦师亦友如兄长——忆汪国真先生 / 胡建华……164

我与汪国真 / 宁　健……169

忆汪国真 / 淡巴菰……175

我与汪国真的二三事 / 窦欣平……179

我的哥们儿汪国真 / 建　明……187

我是"真丝" / 沈培新……194

我心中的汪国真 / 汪根发……200

回忆诗人汪国真 / 张亚丽……213

永恒的诗意——忆汪国真老师 / 李琪明……220

执着于那一次相会——怀念汪国真 / 唐小平……228

他像春风一样来过人间——谨以此文纪念汪国真先生去世十周年 / 张　雷……235

我寻觅你的目光——怀念胞兄汪国真 / 汪玉华……250

后记……256

汪国真诗歌精选

我微笑着走向生活

我微笑着走向生活
无论生活以什么方式回敬我

报我以平坦吗
我是一条欢乐奔流的小河

报我以不幸吗
我是一根劲竹经得起千击万磨

报我以崎岖吗
我是一座大山庄严地思索

生活里不能没有笑声
没有笑声的世界该是多么寂寞

报我以幸福吗
我是一只凌空飞翔的燕子

什么也改变不了我对生活的热爱
我微笑着走向火热的生活

《我微笑着走向生活》创作于1984年4月28日，初次发表于1984年10月《年轻人》，收录于《年轻的风》(花城出版社，1990年)，入选《义务教育四年制初级中学语文　自读课本·第七册：灯下拾豆》(人民教育出版社，1992年)、《中学生阅读文选·初中四年级用》(山东教育出版社，2001年)、《新课程　初中语文读本·七年级(上册)》(山东教育出版社，2005年)、《义务教育课程标准实验教科书　语文·五年级(上册)》(河北教育出版社，2008年)。

春天来了

语言
遗失了风韵
最悦耳的
是天籁的声音

河流欢笑起来　　　　　自然的女儿
绿柳垂钓着白云　　　　已经到了出嫁的年龄
　　　　　　　　　　　美丽的脸庞
杏树的枝头　　　　　　泛起了红晕
挂满五颜六色的目光

每一阵风里　　　　　　人们步履轻盈
都有数不清的追寻　　　走向缤纷的剧场
　　　　　　　　　　　聆听春风的手指
　　　　　　　　　　　拨响大地的竖琴

《春天来了》收录于《年轻的思绪——汪国真抒情诗抄》(文化艺术出版社，1990年)，入选《中小学朗诵诗选》(语文出版社，1993年)。

慈母心

半是喜悦

半是悲哀

最难与人言的

是慈母的情怀

盼望　果子成熟

成熟了

又怕掉下来

《慈母心》收录于《年轻的思绪——汪国真抒情诗抄》(文化艺术出版社，1990年)，入选《中小学朗诵诗选》(语文出版社，1993年)。

即便成功使我们声名远扬

即便有一天
成功使我们声名远扬
我们又怎能忘却
心中的梦想

怎能忘却　昨夜窗前
那簇无语的丁香

大路走尽　还有小路
只要不停地走
就有数不尽的风光
属于鲜花　微笑　和酒杯
怎比得属于原野　清风　和海洋

《即便成功使我们声名远扬》初次发表于1989年第3期《炎黄子孙》，收录于《汪国真抒情诗选——年轻的潮》(学苑出版社，1990年)，入选《中小学朗诵诗选》(语文出版社，1993年)。

母亲的爱

我们也爱母亲
却和母亲爱我们不一样
我们的爱是溪流
母亲的爱是海洋

芨芨草上的露珠　　　　　　我们的欢乐
又圆又亮　　　　　　　　　是母亲脸上的微笑
那是太阳给予的光芒　　　　我们的痛苦
四月的日子　　　　　　　　是母亲眼里深深的忧伤
半是烂漫　半是辉煌　　　　我们可以走得很远很远
那是春风走过的地方　　　　却总也走不出母亲心灵的广场

《母亲的爱》初次发表于1987年第7期《中学生》，收录于《汪国真抒情诗选——年轻的潮》（学苑出版社，1990年），入选《中小学朗诵诗选》（语文出版社，1993年）、《新课程　小学语文读本·四年级（上册）》（山东教育出版社，2005年）。

南方和北方

南方的水　温柔明丽
北方的山　豁达粗犷　　　　　我生长在北方
两行飞转的轮子　　　　　　　心，常常思念我出生的南方
曾载我几度南来北往　　　　　我赞美南方的土地
　　　　　　　　　　　　　　镶嵌着数不清的鱼米之乡
我出生在南方　　　　　　　　我赞美南方的山水
心，热恋着我生长的北方　　　曾孕育了多少风流千古的
我爱北方汉子的性格　　　　　秀女和才郎
像北方秋季的天空　　　　　　啊，我的南方
——天高气爽
我爱北方姑娘的容颜　　　　　我爱北方　也爱南方
像北方冬天的雪花　　　　　　我赞美南方　也赞美北方
——皎洁漂亮　　　　　　　　长江两岸的泥土和山水啊
啊，我的北方　　　　　　　　都像母亲一样亲切、慈祥

《南方和北方》初次发表于1985年第1期《金城》，收录于《年轻的思绪——汪国真抒情诗抄》(文化艺术出版社，1990年)，入选《中小学朗诵诗选》(语文出版社，1993年)。

秋日的思念

你的身影离我很远很远
声音却常响在耳畔
每一个白天和夜晚
我的心头
都生长着一片常绿的思念

如果我邻近大海　　　　　　既然这里是北方
会为你捧回一簇美丽的珊瑚　既然现在是秋天
让它装点你洁净的小屋　　　那么，我就为你采撷下红叶片片
如果我傍着高山　　　　　　我已暮年的老师啊
会为你采来一束盛开的杜鹃　这火红火红的枫叶
让春天在你书案前展露笑靥　不正是你的品格
　　　　　　　　　　　　　你的情操　你的容颜

《秋日的思念》初次发表于1984年11月3日《中国教育报》，收录于《年轻的思绪——汪国真抒情诗抄》(文化艺术出版社，1990年)，入选《中小学朗诵诗选》(语文出版社，1993年)。

荣 誉

因为年轻

才那样渴望获得

因为成熟

又把获得的遗弃

得到的东西

不再是我憧憬的

我所憧憬的

是还没有得到的东西

奖牌　是一阵风

金杯　是一阵雨

跋涉才是太阳啊

永恒地照耀

心灵的土地

《荣誉》收录于《年轻的思绪——汪国真抒情诗抄》(文化艺术出版社，1990年)，入选《中小学朗诵诗选》(语文出版社，1993年)。

我　愿

我愿
我是一本
你没有翻过的书
翻了
就不想放下

我愿
我是一片
你没有见过的风景
见了
就不想离开

我愿
我是一首
你没有听过的乐曲
听了
还想再听

我愿
我是一个
无比瑰丽的梦境
让你永远永远
也走不出

《我愿》收录于《年轻的思绪——汪国真抒情诗抄》（文化艺术出版社，1990年），入选《中小学朗诵诗选》（语文出版社，1993年）。

一　夜

夹竹桃
在窗外轻轻摇曳
影子
在墙上一次次重叠
台灯
疲惫地睁大着眼睛
墙壁
早已累得苍白如雪

一首诗
从心头　流了出来
稿纸上
浸透着青春和血

《一夜》初次发表于1988年第10期《诗神》，收录于《汪国真抒情诗选——年轻的潮》（学苑出版社，1990年），入选《中小学朗诵诗选》（语文出版社，1993年）。

走,不必回头

走

不必回头

无需叮咛海浪

要把我们的脚印　　　　　　走

尽量保留　　　　　　　　　向着太阳走

　　　　　　　　　　　　　让白云告诉后人吧

走　　　　　　　　　　　　无论在什么地方

不必回头　　　　　　　　　无论在什么时候

无需嘱咐礁石　　　　　　　我们

记下我们的欢乐　　　　　　从未停止过前进

我们的忧愁　　　　　　　　从未放弃过追求

《走,不必回头》初次发表于1988年第6期《时代》卷首语,收录于《年轻的思绪——汪国真抒情诗抄》(文化艺术出版社,1990年),入选《中小学朗诵诗选》(语文出版社,1993年)。

妙龄时光

不要轻易去爱
更不要轻易去恨
让自己活得轻松些
让青春多留下些潇洒的印痕

你是快乐的
因为你很单纯
你是迷人的
因为你有一颗宽容的心

让友情成为草原上的牧歌
让敌意有如过眼烟云
伸出彼此的手
握紧令人歆羡的韶华与纯真

《妙龄时光》收录于《年轻的思绪——汪国真抒情诗抄》（文化艺术出版社，1990年），入选《课外诵读基础文库 诗·散文诗（初一卷）》（浙江文艺出版社，1999年）。

热爱生命

我不去想是否能够成功
既然选择了远方
便只顾风雨兼程

我不去想能否赢得爱情　　　　我不去想身后会不会袭来寒风冷雨
既然钟情于玫瑰　　　　　　　既然目标是地平线
就勇敢地吐露真诚　　　　　　留给世界的只能是背影

　　　　　　　　　　　　　　我不去想未来是平坦还是泥泞
　　　　　　　　　　　　　　只要热爱生命
　　　　　　　　　　　　　　一切，都在意料中

《热爱生命》创作于1987年9月17日，1987年11月17日获"全国短诗大展赛"一等奖，初次发表于1988年第2期《追求》，收录于《年轻的思绪——汪国真抒情诗抄》（文化艺术出版社，1990年），入选《课外诵读基础文库 诗·散文诗（初一卷）》（浙江文艺出版社，1999年）、《初中语文自读课本（第5册）》（北京师范大学出版社，2001年）、《义务教育课程标准实验教科书　语文·九年级（下册）》（语文出版社，2003年）、《我的心是旷野的鸟：感悟青春的诗歌·中学版》（浙江教育出版社，2013年）。

如果生活不够慷慨

如果生活不够慷慨
我们也不必回报吝啬
何必要细细地盘算
付出和得到的必须一般多

如果能够大方
何必显得猥琐
如果能够潇洒
何必选择寂寞

获得是一种满足
给予是一种快乐

《如果生活不够慷慨》创作于1988年5月14日，初次发表于1988年第5期《追求》，收入《年轻的思绪——汪国真抒情诗抄》(文化艺术出版社，1990年)，入选《课外诵读基础文库 诗·散文诗(初一卷)》(浙江文艺出版社，1999年)。

海边的遐思

　　一排排涌浪涤荡着心头的尘埃，灵感被浪涛击伤，裸露着一片苍白。时间满面晦暗，没有了往日的神气今日的风采，我的眼睛，久久驻扎在流逝的过去与遥远的未来。

　　翩飞的海鸥无忧无虑拍打船舷撞击胸口，如果飞翔便是价值便是愉悦，又何必向看着你的人解释表白？人类总觉得光阴苦短道路漫长，世世代代不知有多少英雄豪杰仰首问苍穹：生命为什么不能飞起来？

　　恋人们留恋沙滩仿佛当年战士钟情炮台，一枚枚在这里枯萎的贝壳，却烂漫在千里之外。瞧：人类有多贪心，来一趟海边却想捎走一个大海，可谁不是期望自己的视野里，总是满目葱茏一脉青黛？

　　妇女们平静地用银梭编织着海里惊心动魄的故事，搁浅岸边的斑驳古船，只能靠回忆享受出征的辉煌大海的澎湃。呜咽的螺号是波涛

《海边的遐思》初次发表于1991年《感悟人生》，收录于《汪国真诗文集（首版）·散文》（内蒙古人民出版社，1996年），入选《全日制普通高级中学　语文读本（试验修订本·必修）第一册》（人民教育出版社，2000年）、《小学生　小散文100课（上册）》（北京教育出版社，2022年）。

上最动人的音乐，蔚蓝的情愫穿过世纪之门响彻千秋万代。

　　身后的城市，仿佛是一座幕起又幕落的舞台，最出色的演员不在舞台上而在生活中，不知这是不是人生的幸事和艺术的悲哀。

　　看海与出海真是两种生活两种境界，一种是把眼睛给了海，一种是把生命给了海。

　　如果心胸不似海又怎样干海一样的事业，如果心胸真似海，任何事业岂不又失去了光彩……

平凡的魅力

我不会蔑视平凡，因为我是平凡中的一员。我的心上印着普通人的愿望，眼睛里印着普通人的悲欢，我所探求的也是人们都在探求着的答案。

是的，我平凡，但却无需以你的深沉俯视我，即便我仰视什么，要看的也不是你尊贵的容颜，而是山的雄奇天的高远；是的，我平凡，但却无需以你的深刻轻视我，即便我聆听什么，要听的也不是你空洞的大话，而是林涛的喧响海洋的呼喊；是的，我平凡，但却无需以你的崇高揶揄我，即便我向往什么，也永不会是你的空中楼阁，而是泥土的芬芳晨曦的灿烂。当然，当那些真挚的熟悉的或陌生的朋友提醒或勉励我，不论说对了说错了我都会感到温暖。

孤芳自赏并不能代表美丽也不能说明绚烂，自以为不凡更不能象征英雄气概立地顶天。

《平凡的魅力》初次发表于1992年第6期《知音》，收录于《汪国真诗文集（首版）·散文》（内蒙古人民出版社，1996年），入选《全日制普通高级中学 语文读本（试验修订本·必修）第一册》（人民教育出版社，2000年）。

我承认，我的确很平凡。平凡得像风像水像雪……然而，平凡并非没有自豪的理由，并非没有魅力可言。

风很平凡，如果吹在夏天；水很平凡，如果是沙漠中的一泓清泉；雪很平凡，如果飘落在冬日与春日之间……

我欣赏这样的平凡，我喜爱这样的平凡，我也想努力成为这样的平凡。

我喜欢出发

我喜欢出发。

凡是到达了的地方，都属于昨天。哪怕那山再青，那水再秀，那风再温柔。太深的流连便成了一种羁绊，绊住的不仅有双脚，还有未来。

怎么能不喜欢出发呢？没见过大山的巍峨，真是遗憾；见了大山的巍峨没见过大海的浩瀚，仍然遗憾；见了大海的浩瀚没见过大漠的广袤，依旧遗憾；见了大漠的广袤没见过森林的神秘，还是遗憾。世界上有不绝的风景，我有不老的心情。

我自然知道，大山有坎坷，大海有浪涛，大漠有风沙，森林有猛兽。即便这样，我依然喜欢。

《我喜欢出发》初次发表于1992年第4期《知音》，收录于《汪国真诗文集（首版）·散文》（内蒙古人民出版社，1996年），入选《全日制普通高级中学 语文读本（试验修订本·必修）第一册》（人民教育出版社，2000年）、《新课程 小学语文读本·四年级（上册）》（山东教育出版社，2005年）、《新课标 小学生必读 天天阅读 小学4年级》（广东出版集团新世纪出版社，2012年）、《小学语文课本 单元平行阅读 四年级（下）》（长春出版社，2013年）、《小学生 小散文100课（下册）》（北京教育出版社，2022年）。

打破生活的平静便是另一番景致，一种属于年轻的景致。真庆幸，我还没有老。即便真老了又怎么样，不是有句话叫老当益壮吗？

　　于是，我还想从大山那里学习深刻，我还想从大海那里学习勇敢，我还想从大漠那里学习沉着，我还想从森林那里学习机敏。我想学着品味一种缤纷的人生。

　　人能走多远？这话不是要问两脚而是要问志向；人能攀多高？这事不是要问双手而是要问意志。于是，我想用青春的热血给自己树起一个高远的目标。不仅是为了争取一种光荣，更是为了追求一种境界。目标实现了，便是光荣；目标实现不了，人生也会因这一路风雨跋涉变得丰富而充实；在我看来，这就是不虚此生。

　　是的，我喜欢出发，愿你也喜欢。

友情是相知

友情是相知。当你需要的时候,你还没有讲,友人已默默来到你的身边。他的眼睛和心都能读懂你,更会用手挽起你单薄的臂弯。因为有友情,在这个世界上你不会感到孤单。

当然,一个人也可以傲视苦难,在天地间挺立卓然。但是我们不得不承认,面对艰险与艰难,一个人的意志可以很坚强,但办法有限,力量也会有限。于是,友情像阳光,拂照你如拂照乍暖还寒时风中的花瓣。

友情常在顺境中结成,在逆境中经受考验,在岁月之河中流淌伸延。

有的朋友只能交一时,有的朋友可以交永远。交一时的朋友可能是终结于一场误会,对曾有过的误会不必埋怨,只需说声再见。交永远的朋友用不着发什么誓言,当穿过光阴的隧道之后,那一份真挚与执着,已足以感地动天。

《友情是相知》初次发表于1992年2月21日《大众日报》,收录于《汪国真诗文集(首版)·散文》(内蒙古人民出版社,1996年),入选《全日制普通高级中学 语文读本(试验修订本·必修)第一册》(人民教育出版社,2000年)。

挚友不必太多，人生得一知己足矣，何况有不止一个心灵上的伙伴？朋友可以很多，只要我们有一个共同的追求与心愿。

　　友情不受限制，它可以在长幼之间、同性之间、异性之间，甚至是异域之间。山隔不断，水隔不断，不是缠绵也浪漫。

　　只是相思情太浓，仅是相识意太淡，友情是相知，味甘境又远。

雨的随想

　　有时，外面下着雨心却晴着；又有时，外面晴着心却下着雨。世界上许多东西在对比中让你品味。心晴的时候，雨也是晴；心雨的时候，晴也是雨。

　　不过，无论什么样的故事，一逢上下雨便难忘。雨有一种神奇：它能弥漫成一种情调，浸润成一种氛围，镌刻成一种记忆。当然，有时也能瓢泼成一种灾难。

　　春天的风沙，夏天的溽闷，秋天的干燥，都使人们祈盼着下雨。一场雨还能使空气清新许多，街道明亮许多，"春雨贵如油"，对雨的渴盼不独农人有。

《雨的随想》初次发表于1992年第6期《知音》，收录于《汪国真诗文集（首版）·散文》（内蒙古人民出版社，1996年），入选《全日制普通高级中学　语文读本（试验修订本·必修）第一册》（人民教育出版社，2000年）、《中等职业教育国家规划教材　语文（基础版）第一册》（高等教育出版社，2001年）、《新课标　小学生必读　天天阅读　小学3年级》（广东出版集团新世纪出版社，2012年）、《小学语文课本　单元平行阅读　四年级（上）》（长春出版社，2013年）、《小学生　小散文100课（上册）》（北京教育出版社，2022年）。

有雨的时候既没有太阳也没有月亮，人们却多不以为意。或许因为有雨的季节气候不冷，让太阳一边凉快会儿也好。有雨的夜晚则另有一番月夜所没有的韵味，有时不由让人想起李商隐"何当共剪西窗烛，却话巴山夜雨时"的名句。

　　在小雨中漫步，更有一番难得的惬意。听着雨水轻轻叩击大叶杨或梧桐树那阔大的叶片时沙沙的声响，那种滋润到心底的美妙，即便是理查德·克莱德曼钢琴下流淌出的《秋日私语》般雅致的旋律也难以比拟。大自然鬼斧神工般的造化，真是无与伦比。

　　一对恋人走在小巷里，那情景再寻常不过。但下雨天手中魔术般多了一把淡蓝色的小伞，身上多了件米黄色的风衣，那效果便又截然不同了——一眼望去，雨中的年轻是一幅耐读的图画。

　　在北方，一年 365 天中，有雨的日子并不很多。于是若逢上一天，有雨如诗或者有诗如雨，便觉得奇好。

不仅因为

日子可以是普普通通的
却不甘心
生命也普普通通

如若为土
为什么
不能是山冈

如若为水
为什么
不能是波浪

如若为植物
为什么
不能是白杨

如若为风景
为什么
不能黯淡了所有风光

总是向往大海
不仅因为
那是一个迷人的梦境

总是追寻流云
不仅因为
那是一件美丽的衣裳

《不仅因为》收录于《年轻的思绪——汪国真抒情诗抄》(文化艺术出版社,1990年),入选《中学生诵读文选:名家精美诗文(下)》(华夏出版社,2001年)。

假如你不够快乐

假如你不够快乐
也不要把眉头深锁
人生，本来短暂
为什么　还要栽培苦涩

打开尘封的门窗
让阳光雨露洒遍每个角落
走向生命的原野
让风儿熨平前额

博大可以稀释忧愁
深色能够覆盖浅色

《假如你不够快乐》初次发表于 1988 年第 5 期《追求》，收入《汪国真抒情诗选——年轻的潮》(学苑出版社，1990 年)，入选《中学生诵读文选（下）名家精美诗文》(华夏出版社，2001 年)。

美好的愿望

我要用一生去实现
心中美好的愿望
即便那是一条
没有尽头的路
走向远方　又有远方

有时，感觉自己
真像一只孤独的大雁
扇动着疲惫的翅膀
望天也迷茫　望水也迷茫

只是从来不想改变初衷
只是从来不想埋葬向往
我不在乎　地老天荒
只要能够　如愿以偿

《美好的愿望》初次发表于1990年2月4日《工人日报》，收录于《汪国真抒情诗选——年轻的潮》（学苑出版社，1990年），入选《中学生诵读文选：名家精美诗文（下）》（华夏出版社，2001年）。

贫　穷

贫穷是不值得赞美的，值得赞美的是俭朴。俭朴是一种甘于淡泊的行为，贫穷则是一种无奈的处境。两者在精神状态上是根本不同的。

贫穷限制人的自由，却不剥夺人的自由。聪明人通过正当的努力减少这种限制。蠢人则冒被根本剥夺自由的风险试图解除这种限制。

一个贫穷的人，若同时又是一个十分虚荣的人就比较麻烦了。这样的人往往不甘于通过一步一个脚印的努力去改变贫穷的处境，而是拿青春或者生命去赌。赌赢了，他的虚荣心会得到某种程度的满足。赌输了，输掉的可能不仅是机会，而且还有青春或者生命。

对于相当多的人来说，他的向往富裕，不是因为厌恶清贫，而是因为他们向往得到人们承认、尊重，甚至是羡慕。这些是目的，致富只是达到目的的手段。

《贫穷》初次发表于1994年第3期《女友》，收录于《1994·汪国真哲思短语》（时代文艺出版社，1994年），入选《当代著名作家短文示范精品》（湖南少年儿童出版社，2001年）。

贫穷可治吗？试看清朝陆长春《香饮楼宾谈》中的一段叙述：清代名医叶天士一次外出，有一乡人请求看病。乡人说，您是名医，疑难病症自然了解得很清楚，我所要医治的贫病，你能医治吗？叶天士回答说，贫病我也能医，晚上你来拿药方吧。晚上乡人如约而至，叶天士要他捡城中橄榄核种植，乡人照办。不久橄榄苗长势很好，乡人跑来告诉叶天士。叶天士说，即日有来买橄榄苗的，不要便宜出售。第二天起，叶天士所开药方药引用橄榄苗，病人争相求购，乡人大发。这则故事虽短，却提供了脱贫致富的一种成功的思路或步骤：虚心咨询、独辟蹊径、把握市场、辛勤耕耘。今天读来，仍有教益。

看到别人大富大贵，对于某些贫穷的人来说，可以聊以自慰的是他能活得平安。他不用雇保镖，不但是雇不起，更是没必要。

惟有追求

生活是一望无际的大海
我是大海上的一叶小舟
大海没有平静的时候
我也总是
有欢乐　也有忧愁

即使忧愁
如一碗苦涩的黄连
即使欢乐
如一杯香醇的美酒

把它们倾注在大海里
都太淡了　太淡了
一如过眼烟云
不能常驻我心头

惟有追求
永远和我相伴
在风平浪静的时候
也在浪尖风口

《惟有追求》收录于《年轻的思绪——汪国真抒情诗抄》（文化艺术出版社，1990年），入选《中学生诵读文选：名家精美诗文（下）》（华夏出版社，2001年）。

山高路远

呼喊是爆发的沉默

沉默是无声的召唤

不论激越

还是宁静　　　　　　　　我就走向大山

我祈求　　　　　　　　　双脚磨破

只要不是平淡　　　　　　干脆再让夕阳涂抹小路

　　　　　　　　　　　　双手划烂

如果远方呼喊我　　　　　索性就让荆棘变成杜鹃

我就走向远方

如果大山召唤我　　　　　没有比脚更长的路

　　　　　　　　　　　　没有比人更高的山

《山高路远》创作于1985年6月26日，初次发表于1987年第2期《中国作家》，收入《年轻的风》（花城出版社，1990年），入选《大语文　初中阅读总复习》（中国大百科全书出版社，2002年）、《半小时阅读（八年级）语文课 阅读教学 初中》（浙江少年儿童出版社，2005年）、《我的心是旷野的鸟：感悟青春的诗歌·中学版》（浙江教育出版社，2013年）、《日有所诵　八年级·下》（湖南教育音像电子出版社，2023年）。

剪不断的情愫

原想这一次远游

就能忘记你秀美的双眸

就能剪断

丝丝缕缕的情愫

和秋风也吹不落的忧愁

谁曾想　到头来

山河依旧

爱也依旧

你的身影

刚在身后　又到前头

《剪不断的情愫》初次发表于1990年2月号《诗刊》，收录于《汪国真抒情诗选——年轻的潮》(学苑出版社，1990年)，入选《普通话教程》(山东文艺出版社，2003年)。

高山之巅

他站在险峻已极的高山上
向远方眺望
任白云在身边飘动
任飞瀑在脚下轰响
在他惊喜的双眸里　　他陶醉了
有轻盈的旭日　　　　陶醉于大自然
有苏醒的原野　　　　鬼斧神工的杰作
有起伏的海洋　　　　却浑然不觉
　　　　　　　　　　当他屹立于高山之巅
　　　　　　　　　　便把自己也升华为
　　　　　　　　　　一帧风光
　　　　　　　　　　一座雕像

《高山之巅》创作于1985年10月19日，初次发表于1987年1月25日《人民日报》，收录于《年轻的风》（花城出版社，1990年），入选《新课程　小学语文读本·四年级（上册）》（山东教育出版社，2005年）。

给父亲

你的期待深深
我的步履匆匆
我知道
即使步履匆匆
前面也还有
太多的荆棘
太远的路程

涉过一道河
还有一条江
翻过一座山
又有一架岭
或许
我就是这跋涉的命
目标永远无止境
有止境的是人生

《给父亲》收录于《年轻的思绪——汪国真抒情诗抄》(文化艺术出版社,1990年),入选《新课程 小学语文读本·四年级(上册)》(山东教育出版社,2005年)。

故乡的雨

刚一走出故乡的小站
便碰上了下雨
挟着山林的清爽
带着故乡的气息
我没有犹豫
我没想躲避
一头扎进雨幕里

哦，故乡的雨
就像故乡的孩子一样顽皮
时而骤　时而稀
时而疏　时而密
深深吸一口凉爽的空气

我加快步伐
向故乡的山林走去

山道弯弯
小径曲曲
蹲下来
挽挽裤腿
把松了的鞋带
再系一系
雨浇透了鞋面
雨淋进了脖里

《故乡的雨》收录于《年轻的季节》（中国人民大学出版社，1991年），入选《新课程　小学语文读本·五年级（上册）》（山东教育出版社，2005年）。

哦，好雨
春天的雨
不是忧是喜
故乡的雨
不是水是蜜

穿过茂密的竹林
跨过清澈的小溪
走过两座小石桥
哟，到了
我一头扑进故乡
怀抱里

站在小屋门口
又一次打量自己
衣服全湿透
脚上一腿泥
但我还是舒心地笑了

故乡的雨
淋在身子上
落进心坎里
丝丝都是温柔
滴滴都是甜蜜

旅　程

意志倒下的时候
生命也就不再屹立
歪歪斜斜的身影
又怎耐得
秋叶萧瑟　晚来风急

垂下头颅
只是为了让思想扬起
你若有一个不屈的灵魂
脚下，就会有一片坚实的土地

无论走向何方
都会有无数双眼睛跟随着你
从别人那里
我们认识了自己

《旅程》创作于1988年5月11日，初次发表于1988年第5期《追求》，收入《年轻的思绪——汪国真抒情诗抄》（文化艺术出版社，1990年），入选《义务教育课程标准实验教科书 语文·七年级（上册）》（人民教育出版社，2007年）。

我不期望回报

给予你了
我便不期望回报
如果付出
就是为了　有一天索取
那么，我将变得多么渺小

如果，你是湖水
我乐意是堤岸环绕
如果，你是山岭
我乐意是装点你姿容的青草

人，不一定能使自己伟大
但一定可以
使自己崇高

《我不期望回报》创作于1988年5月4日，初次发表于1988年第5期《追求》，收入《年轻的风》（花城出版社，1990年），入选《义务教育课程标准实验教科书 语文·六年级（上册）》（凤凰出版传媒集团江苏教育出版社，2009年）。

早点回家

每到天冷了,胡同口就来了个卖烤红薯的老头。老人穿着件老式黑棉袄,脸上一道道挺深的皱纹刻着岁月的沧桑,下巴上的胡子长得有点像秃了的牙刷。老人烤的红薯很香,打老远就能闻到,不时有放学的学生和买盐打醋回来路过这儿的大娘称上一个两个。老人像个恪尽职守的士兵,差不多每天都是天黑了很久,才借着昏黄的路灯收拾家伙打道回府,即使下雪天也是如此。

有一对年轻的恋人,是这儿的老主顾。每一次路过这里,那个长着一双漂亮的丹凤眼的姑娘都会跑过来拣上两个最大的红薯叫老人称。

"大爷,您烤的红薯真香。"姑娘一边搓着双手一边说。

"只要喜欢吃就常来,姑娘。"老人乐了。

"大爷,每次路过您这儿我都来。"姑娘的声音很清脆、很好听,像柔和的手指弹着夜的琴弦。

《早点回家》初次发表于1992年12月13日《羊城晚报》,收录于《汪国真诗文集(首版)·散文》(内蒙古人民出版社,1996年),入选《小学语文课本 单元平行阅读 三年级(上)》(长春出版社,2013年)。

一次路上,她的恋人对她说:"真没想到,你这么喜欢吃红薯,老这么吃也不腻?"

"哪儿呀,我是想让那位大爷早点回家。"姑娘笑了,笑声敲打着夜空。

感　谢

让我怎样感谢你
当我走向你的时候
我原想收获一缕春风
你却给了我整个春天

让我怎样感谢你
当我走向你的时候
我原想捧起一簇浪花
你却给了我整个海洋

让我怎样感谢你
当我走向你的时候
我原想撷取一枚红叶
你却给了我整个枫林

让我怎样感谢你
当我走向你的时候
我原想亲吻一朵雪花
你却给了我银色的世界

《感谢》创作于1986年11月24日，初次发表于1988年2月27日《北京日报》，收录于《年轻的思绪——汪国真抒情诗抄》（文化艺术出版社，1990年），入选《小学语文课本 单元平行阅读　六年级（上）》（长春出版社，2013年）、《互文阅读·初中语文 九年级全一册（附参考答案）》（海峡出版发行集团海峡书局，2022年）、《朗诵水平等级考试纲要（一级至六级）》（上海教育出版社，2023年）。

赠

人们都说
命运对你格外地恩宠
你却时常忧戚
时常感到心
像幽潭里的石头般沉重

我不敢想
如果你像那些
历经艰辛和磨难的人们
又会是怎样的呢

不过，我相信
只要不对生活期求得太多
你就会感到轻松
就会露出欢容
即使世界萧索
也自会是一片葱茏

《赠》创作于1986年春，初次发表于1986年10月号《诗刊》，收录于《年轻的风》（花城出版社，1990年）。

让星星把我们照亮

让我说什么
让我怎么说
当我爱上了别人
你却宣布爱上了我

该对你热情
还是该对你冷漠
我都不能
对于你,我只能是一颗
无言的星
在深邃的天庭
静静地闪烁

闪烁,却不是为了诱惑
只为了让那皎洁的光
照亮你
也照亮我
照亮一道纯净的小溪
照亮一条清澈的小河

《让星星把我们照亮》创作于 1986 年春,初次发表于 1986 年 10 月号《诗刊》,收录于《年轻的风》(花城出版社,1990 年)。

心　曲

我想忘记你

却无法忘记你

哪怕

你已是一条融入大海的河流

爱你勇敢地来

也爱你勇敢地走

来去都高歌着自由

我不想惋惜不已

更不想无聊地诅咒

相聚或分手

都有不能抗拒的理由

也没有什么

值得我为之沮丧

失去欢乐的时候

也失去稚嫩

收获忧郁的时候

也收获成熟

《心曲》初次发表于1988年第7期《当代诗歌》，收录于《汪国真爱情诗选（一）》（中国友谊出版公司，1991年）。

留　学

因为许多人羡慕
最后，竟羡慕成一帧漂亮的
风景
白鸟激荡天空
追逐一个绮丽的梦

蓝色，有蓝色的烦恼
黑色，有黑色的抒情
在异国的土地上
那些黄河水哺育的儿女们
有的，把日子过成黄昏
有的，把日子过成黎明

他们的曲子
大家都愿意欣赏
他们的故事
只好留给儿孙们听

《留学》创作于1986年11月23日，初次发表于1987年11月号《诗刊》，收录于《年轻的风》（花城出版社，1990年）。

迟 到

在你最美丽的时候

我没有看见

看见你时

已是夏天的容颜

我不知道

应该庆幸

还是应该遗憾

走出重门深锁的庭院

夏天的夜

——真好看

《迟到》创作于 1986 年 10 月 27 日，初次发表于 1987 年 11 月号《诗刊》，收录于《年轻的风》(花城出版社，1990 年)。

有云的日子

要么　让霞光出来
要么　落成瓢泼大雨
有云的日子
总是很沉　很阴郁

刀在切割破碎的心
心在等待
或悲或喜的结局
生活　有时太折磨人了
只有痛苦的人
别把废墟　当成墓地

《有云的日子》初次发表于 1988 年 12 月号《诗刊》，收录于《汪国真抒情诗选——年轻的潮》(学苑出版社，1990 年)。

永恒的心

岁月如水
流到什么地方
就有什么样的时尚
我们怎能苛求
世事与沧桑

永不改变的
是从不羞于见人的
真挚与善良

人心
无论穿什么样的衣裳
都会　太不漂亮

《永恒的心》初次发表于 1990 年 2 月号《诗刊》,收录于《汪国真抒情诗选——年轻的潮》(学苑出版社,1990 年)。

无 题

我可以拒绝一切
却无法拒绝寂寞
如果有人背叛你
总是在落魄的时刻

也会有人送来慰藉
如天国降临的使者
在无法报答的日子里
只有默默地记着

春寒时节不说
秋雨时节不说
真待说时
不见花开　只见花落

《无题》初次发表于1990年2月号《诗刊》，收录于《汪国真抒情诗选——年轻的潮》（学苑出版社，1990年）。

名　人

我相信

这不完全

是由于一种机遇

宛如花朵

盛开自有它的道理

我也相信

你的光华

所以会转瞬即逝

是因为你的绽放

太多的依赖节气

《名人》创作于 1990 年 8 月 10 日，初次发表于 1990 年 12 月号《诗刊》，收录于《年轻的风采——专访汪国真》(人民日报出版社，1991 年)。

独 语

时常感觉活得很累
不能细细体验生命的滋味
终日忙忙碌碌
没有精力小心流言
也没有悠闲面对安慰

我不知是否做得很对　　我只想清清爽爽做人
也不在乎　　　　　　　该铭记的
举止是否潇洒　　　　　我不会遗忘
言谈是否光辉　　　　　该遗忘的
　　　　　　　　　　　我不予理会

《独语》创作于1990年8月6日，初次发表于1990年12月号《诗刊》，收录于《我心灵的诗韵：汪国真自选最新诗文集》(中国广播电视出版社，1991年)。

走出栅栏

我们已经很熟悉了
很熟悉了
却还不曾相见
那数不清的信笺
既是倾诉　也是无言

你或许在揣摩立体的我
我也在想象你微笑的容颜
让我们走出栅栏
并且相信
真挚的眸子
会比梦幻更斑斓

《走出栅栏》创作于1990年8月16日，初次发表于1990年12月号《诗刊》，收录于《年轻的风采——专访汪国真》(人民日报出版社，1991年)。

如果你选择了路

如果你选择了路
我便选择河流
你有坚韧的双脚
我有破浪的轻舟

我不想跟随你走
是因为我不愿落在人后
原谅我吧
虔诚不够　崇拜不够

你有你的烂漫
我有我的锦绣

《如果你选择了路》创作 1990 年 8 月 17 日，初次发表于 1990 年 12 月号《诗刊》，收录于《年轻的风采——专访汪国真》(人民日报出版社，1991 年)。

自　勉

总有一丝遗憾
为什么
这不是我的灵感
这样瑰丽的绝唱
不属于我
而属于一个翩翩少年

我真羡慕你
诗很漂亮
年华也灿烂
于是，我更不敢稍怠
总把明年　当作今年

《自勉》创作于 1990 年 8 月 5 日，初次发表于 1990 年 12 月号《诗刊》，收录于《年轻的风采——专访汪国真》（人民日报出版社，1991 年）。

不　是

不是所有的赞美

都是出自真诚

不是所有的敌视

都必须用敌视回敬

不是所有的失败

都是浪漫感情

不是所有的胜利

都有心灵的鲜花簇拥

《不是》创作于1990年8月6日，初次发表于1990年12月号《诗刊》，收录于《年轻的风采——专访汪国真》（人民日报出版社，1991年）。

远离爱情

即使有睿智如星

也笔笔难描爱情

爱在潺潺溪流

爱在蓊郁树影

爱在每一个季节　四季常青

有时真想远离爱情

因为孤独也是一种意境

可是好似

情丝难断　尘缘未了

不是不愿　而是不能

《远离爱情》创作于1990年8月5日，初次发表于1990年12月号《诗刊》，收录于《年轻的风采——专访汪国真》（人民日报出版社，1991年）。

看 海

海耸起脊背

白鸥在波涛上飞

远方灰蒙蒙一片

仿佛是沧桑的深邃

沉在浪花下面的船

是一支历史的舰队

天上的白云

是舰队昨日的帆影

紧紧跟随

不是海上没有历史

而是历史被深埋在她的胸膛内

《看海》初次发表于 1992 年 7 月号《诗刊》，收录于《1994·汪国真抒情诗选》(时代文艺出版社，1994 年)。

暮色中的山峰

尽管树依旧绿

花依旧鲜

暮色中的山峰

也只是剩下了轮廓

蝙蝠纷纷出动

用翅膀画出纷乱的曲线

山峰凝重思考的时候

蝙蝠在唱着晦暗的歌

我凝视着远方的峰峦

心被深深感动着

不论在什么样的光线里

你都有一种凛然难犯的颜色

《暮色中的山峰》初次发表于 1992 年 7 月号《诗刊》,收录于《1994·汪国真抒情诗选》(时代文艺出版社,1994 年)。

住进高楼

住进高楼的人
越来越多
那一道道防盗门
多少昭示着彼此的隔膜

一句话
一个微笑
也逐渐难得

夜晚灯亮的时候
大人们纷纷向孩子许诺

《住进高楼》初次发表于 1992 年 7 月号《诗刊》，收录于《1994·汪国真抒情诗选》（时代文艺出版社，1994 年）。

有一次碰杯

想礼节性地同你握手
却只是握了握拳头
是为了把那点局促
从指缝间都挤走

我的故事
已另写一章
你的作品
是否也有新开头

我们碰杯的时候
再没有像从前那样
碰出火花
却把记忆碰缺了口

《有一次碰杯》初次发表于 1992 年 7 月号《诗刊》，收录于《1994·汪国真抒情诗选》(时代文艺出版社，1994 年)。

艺术及其他

请原谅我
背叛了你的模式和准则
如果你属于历史
时代需要我

一代人
有一代人的声音
就像一代人
有一代人的姓名

我不能走在你的前面生活
你也无法阻拦钟声在黎明响着

《艺术及其他》初次发表于1992年7月号《诗刊》，收录于《1994·汪国真抒情诗选》（时代文艺出版社，1994年）。

倾　听

其实，真是没有必要
为了你心中的夙愿忧伤
模特的猫步
可以踏平舞台
却踏不平起伏的海洋
生活不仅只是橱窗

有一种心声　　　　　　我在倾听你的诉说
就会有许多传递的渴望　你也听到我的声音了吗
在心灵的沃土里　　　　太阳，也会沉睡
渴望像种子一样顽强　　却不会失去光芒

《倾听》初次发表于1994年3月号《诗刊》，收录于《1994·汪国真抒情诗选》(时代文艺出版社，1994年)。

向天空拔节

我关心季节
却不留意大街上
服饰的更替
服饰尽管有无数变化
怎可比一年四季
一生四季

所有的努力
并不都是为了
一个辉煌的结局
或许只有鸷鸟
能够明白　我的心意

我不是都市里的车辆
注定要和前面的车辆保持距离
我要向天空拔节
循着自然的轨迹

《向天空拔节》初次发表于1994年3月号《诗刊》，收录于《1994·汪国真抒情诗选》(时代文艺出版社，1994年)。

看海棠树上

狂风骤起

落花满地

看海棠树上

还有什么如意不如意

一切都成了烟云

一切都成了记忆

重新开始

哪有说得那么容易

尽管现在正是眉清目秀的春季

可没听常言道知音难觅

知音难觅

难就难在不分节气

这样的情景　梦中都难得一回

与一可意的人儿

冬日踏雪　夏夜听雨

《看海棠树上》初次发表于 2003 年 7 月号《诗刊》,收录于《京城四大怪才丛书·国真私语》(北岳文艺出版社,2004 年)。

千年的等候

月光的衣服很轻很柔
披着月光行走
永远不希望路有尽头

你的眼眸
是我心灵的窗口
就像你的希望
是我的肩头

此刻音乐不在音乐厅里
而在我们的血液里流
能和相爱的人在一起真好
为了这一天
哪怕千年的等候

《千年的等候》初次发表于 2003 年 7 月号《诗刊》，收录于《京城四大怪才丛书·国真私语》(北岳文艺出版社，2004 年)。

风

我是一棵树
愿你走来
向我亲密地靠拢
不必躲避阳光吧
青春不仅是梦

呼啸而来
款款而来
愿意怎么来
你就怎么来
只是不要改变自己
即使，夜很朦胧

《风》初次发表于1987年9月号《星星诗刊》，收录于《汪国真抒情诗选——年轻的潮》（学苑出版社，1990年）。

月　光

风
水一般清凉
田野
梦一样安详
飘散的是蓝色的雾
飘不散的是银色的池塘　　　　　星星
噢，月光　　　　　　　　　　　是月亮挥洒的泪滴
　　　　　　　　　　　　　　　月亮
箫声　　　　　　　　　　　　　是太阳沉重的哀伤
自远方游来　　　　　　　　　　世界的背面是憧憬
蛐蛐儿　　　　　　　　　　　　明天的明天是希望
在石板下轻唱　　　　　　　　　噢，月光
江水随思绪流走
夜露洗净了迷惘
哦，月光

《月光》创作于1987年9月8日，初次发表于1988年1月号《星星诗刊》，收录于《年轻的风》（花城出版社，1990年）。

晚　恋

太阳落山了

失去光泽的不该是你我

我们看不清彼此的眸子

这倒真是一种诱惑

晚风轻轻吹过

河水潺潺流过

感情的月亮爬上来

心，只好陨落

也许，大地早已渴望收获

多么遗憾

我们直到今天

还是不成熟的苹果

《晚恋》初次发表于 1988 年 1 月号《星星诗刊》。

生　活

你接受了幸福

也就接受了痛苦

你选择了清醒

也就选择了糊涂

你征服了别人

也就被别人征服

你赢得了一步

也就失去了一步

你拥抱了晨钟

怎么可能拒绝暮鼓

《生活》创作于1986年春，初次发表于1987年第2期《中国作家》，收录于《年轻的风》（花城出版社，1990年）。

馈　赠

即使我们有
也不要随便地给予
轻易能够得到的东西
别人往往不珍惜

过于慷慨
有时，倒不如
过于吝惜

一枝红蔷薇
要比一簇红蔷薇
更富有魅力

《馈赠》初次发表于1987年第2期《中国作家》，收录于《年轻的思绪——汪国真抒情诗抄》（文化艺术出版社，1990年）。

回忆汪国真

戴瓜皮帽的小男孩

——忆国真

赵小捷

最近一段时间总睡不着觉，看着玉华寄来的《风雨兼程：汪国真诗文全集》上国真的肖像栩栩如生，感觉60年前认识的小男孩就在眼前！

睹物思人，国真走时太年轻，那种惋惜、那种心疼始终挥之不去！

记得和国真第一次见面是20世纪的60年代中期，大约是1963年，那年我十一二岁，国真也就六七岁。有一天，我和发小岳微在郑王府大院里溜达。溜达到逸仙堂附近三座门时，看到一个头戴瓜皮帽的小男孩站在他家门口。小男孩看上去很可爱，我和发小走过去，拍了拍他戴的瓜皮帽，他冲我们笑了笑，露出脸上两个小酒窝，我们逗了两句就笑着离开了。后来得知，国真的父亲刚从劳动部调到教育部工作，国真也是

图1 《风雨兼程：汪国真诗文全集》书影

图 2　汪国真 9 岁照片

刚刚住进郑王府。从那会儿起，我和发小就知道大院里多了一个戴瓜皮帽的、很可爱的小男孩，知道他的名字叫汪国真。

大院里孩子很多，基本都是年龄段相近的孩子在一起玩儿。由于国真比我小很多，后来基本不在一起玩耍，接触不多。有幸的是，在20世纪六七十年代，我和国真一家成了邻居，且亲如一家。

1970年，国真的爸爸作为先遣队成员下放到教育部安徽凤阳五七干校。郑王府大院里的干部几乎都去了安徽，留下的都是些老弱病残及家属和我这样刚参加工作不久的孩子。

印象里大约是1969年年底，教育部房管处将院里留守家属都集中在院里的几个住处。我被安置到大院新一楼二层对门两间房。国真一家成了我的邻居。我们在这里生活了近三四年的时间。

1969年刚参加工作的我17岁，北京就我一个人，爸妈哥姐都去了外地，国真妈妈带给了我母亲般的温暖。

新一楼宿舍的房间是套间，分配给家属的是一阴一阳的对门。国真妈妈怕我一个人住着害怕，就将我们两家紧挨的套间门打开，这样我们就如同一家人住在了一起。那段时光，至今难忘。

图3 1972年，汪国真16岁，在北京第三光学仪器厂当工人，与父母、妹妹合照

从工厂下班回家的我，每天晚上和国真妹妹玉华挤在一张床上，我们一起数星星，一起聊未来。胆小的我多了依靠和陪伴。回家没有饭吃，国真妈妈就端给我。生病了，国真妈妈为我做出可口的饭菜。我爸爸妈妈一再说，你真是赶上了好人家，让你一个人在北京不孤单。

1972年开始，我们又被安置到大院后三排。有幸，依然和国真一家是邻居。

高考制度恢复后，得知国真顺利考入广东暨南大学中文系，开始了求学历程，打心眼里为瓜皮帽小男孩高兴。

国真的爸爸妈妈非常善良。妈妈是华侨，口音还是闽南味。1979年，我家搬离后三排，住进了院里新盖的楼房，国真家依然住在后三排。虽然不是邻居了，但在院里，时常会看到国真爸爸妈妈的身影。国真未成名前，每次见到二老，我都会打听国真的消息，哪怕一点一滴。

印象里是在20世纪90年代，有一天有人敲我家门，开门一看是国真的妈妈。老人家手里拿着国真新出版的诗集，说国真让她将诗集送给我，好感动。

国真，戴着瓜皮帽的小男孩，眨眼工夫就成了家喻户晓、人人皆知的诗人。读他创作的一首首诗歌，感动过，动情过。如果没有深厚的文学功底，没有在基层当过工人的切身体验，不可能写出脍炙人口、深入人心、有影响力的诗歌。

国真的名声后来越来越大，但他的纯朴、清纯、单纯、真实，始终如一，从未改变过。

不记得是哪年，在大院巧遇过一次国真。我们都长大了，戴瓜皮帽的国真也长大了。我们相互做了问候。国真还是腼腆，不善言辞，是羞涩的小男孩。虽然已经是诗人，但在我眼里，还是戴瓜皮帽的小男孩。

国真是我的榜样。他天天在进取，天天在进步，天天在学习。他没停留在创作诗歌的成绩簿上。他学习书法，钻研国画，研究音乐……兴趣爱好颇多。不仅诗词硕果累累，国真创作的国画、挥毫的书法、撰写的歌词，同样让人刮目相看。

虽然我和国真很少见面，但和他的感情始终没有断过。无论岁月怎样流逝，在我的脑海里，国真还是那个戴着瓜皮帽的可爱小男孩。

2015年4月的一天，我小哥在电话里告诉我："听说了吗，汪国真去世了。"小哥电话里的声音很大，他可能觉得很突然。可见，国真也是大院大哥哥大姐姐的骄傲。他怎么就这样匆匆离去了呢。我举着电话话筒，愣在了那里。不会吧？去年还听到他很多消息，怎么这样快就离开了。

眼泪一下涌出来，心情久久不能平静。

国真走后，我曾经的老领导、70多岁的老人了，曾和我提及过国真。他说虽然和汪国真年龄相差很远，但对汪国真也是很有印象的。他认为汪国真是那个时代的佼佼者，对我国文学的发展，特别是现代诗的发展做出了突出贡献。他影响了一代人，真是个不可多得的人才，可惜走得太早了，令人惋惜！说起汪国真的作品时，他说最大的特点就是有思想，每一首诗都跳跃着一颗积极向上的灵魂，而且文字的表达通俗流畅、行云流水。

国真走后，我的发小，也是教育部里国真父母家现在的邻居，曾任《人民铁道》报的总编，转发给我看了他收藏的国真的两本诗集，那是国真1990年出版发行的第一本及第二本诗集，诗集里夹着他手抄国真诗歌的一叠卡片。这收藏了三十多年的诗集和卡片，表达着他对国真如兄长般深深的关爱与怀念。

国真走后，还有我的同事（她是我所在集团监察部原副部长）对我说，汪国真一直是她崇拜的大诗人。令她没想到的是，竟会在思亲园里见到他。因为，她母亲的墓碑就在汪国真墓碑亭子的旁边。每年清明祭扫时，她都会去看看心目中的大诗人，并将他创作的诗歌讲给家里亲人听："既然选择了远方，便只顾风雨兼程。"

国真走后近两个月后，我在大院里见到了国真的妈妈和妹妹玉华。那一刻，老妈妈紧紧握住我的手，我们一句话都没说，只是让眼泪任意流淌。

一晃，国真走了八年时间。为了纪念国真，国真妹妹玉华花了几年的心血，将国真的诗文整理编辑出版正式发行。玉华在第一时间将这厚厚的两册《风雨兼程：汪国真诗文全集》寄给了我，这里面是国真用心和情创作的一首首诗、词、歌、文。我注视着这厚厚的《风雨兼程：汪国真诗文全集》，反复翻阅着，品读着，再次被国真真诚的带有温度的诗歌感动。尤其看到妹妹玉华亲手为哥哥画的头像，如此逼真、形象时，就觉得是国真永远不变的样子，还是那个戴瓜皮帽的小男孩，令人怀念。

  这几年，国真的老妈妈依然时时在挂念着我。老人家隔三岔五打来电话，嘘寒问暖，多次邀请我去老妈妈福建厦门老家做客。我和国真之间的感情，没有随着时间而流逝。老妈妈、国真妹妹玉华延续着我和国真之间不变的感情。

  国真，你的诗集，我会让后辈接着朗读，让他们也感受到你诗词中蕴藏着的无穷魅力。

  戴瓜皮帽的小男孩，你可爱的样子，会永远留在我心中。

2023 年 4 月 29 日写于北京家中
（赵小捷，女，中共党员，曾就职于北京化学工业集团有限责任公司，任集团纪委副书记）

我家与汪国真家的点滴往事

王 丹

2023年12月20日，我和妹妹去中国工艺美术馆看了"守正创新——中国艺术研究院文学艺术院成立二十周年艺术作品汇报展暨学术研讨会"，很兴奋，看到了汪国真大哥的大照片和照片旁展示的国真大哥的作品及循环播放的采访视频。两天后我又去看望了国真大哥的母亲李阿姨，在李阿姨家，聊了许多我们相邻住在一起的往事，勾起曾经或美好、或艰辛的回忆。

我家与汪国真家住在西单北大街西侧一条历史悠久的东西向胡同——大木仓胡同的35号大院里，这个大院就是昔日的郑王府，现在的中华人民共和国教育部大院。从20世纪60年代至今，这个大院始终是部机关与家属院所在地。大院周围环境很是优越，站在胡同的东口，一眼望去，坐落着西单商场、西单购物中心、大悦城等大商场，胡同里有如家酒店、二龙路中学、北京师范大学附属实验中学、协和医院西院；胡同西侧坐落着西城区公安局、西城区检察院等市、区级政府机关。

从童年起（20世纪60年代）我们就与这个院子结下了不解之缘，回想往事真令人感叹。记得童年的教育部大院是我们嬉戏的天堂。我清晰地记得，在1979年以前，大院尚未开发，基本上还保留着原始的样子，中轴线用弧形大石板铺成，两侧从南到北依次是临街的朱漆绿琉璃瓦大门、东西跨院、二宫门、东西绣楼、和乐堂、逸仙堂。进郑王府大门后，东侧有一个小卖部，小卖部旁的东跨院里曾经有一个少年之家，孩子们可以在那里下棋（比如跳棋、陆战棋、斗兽棋、中国象棋、国际象棋等），看小人书；在和乐堂前有四个用木格挡围起来的大花园，一到春天，杏花、桃花、海棠花、丁香花竞相开放，极其鲜艳夺目，大家就折花回家插花瓶，整个春天，每家的花瓶里都盛开着鲜花。西边绣楼前有两排松树，那是我们抓蜻蜓的地方。大院中部、南部设有医务室、洗澡堂、大食堂；大院西部有苗圃、假山、苏式建筑的石板楼，小孩们可以尽情地在院里玩耍。汪国真有一首诗《人不长大多好》就描写了那时玩耍的情景。诗中写道：

  人不长大多好
  就可以用铁钩
  滚月亮
  就可以蹲在地上
  弹星星
  就可以把背心一甩
  逛银河

  人不长大多好
  哪怕有茶叶一样香的朋友
  哪怕有美酒一样醇的恋人
  哪怕有野草莓一样鲜红的事业
  人长大了
  烦恼总是比快乐多

这首诗就是我们童年、少年心灵的写照。

"文革"期间的1970年,教育部解散,成立国务院科教组。部里的干部们都下放到安徽凤阳五七干校,整个大院里几乎只有妈妈们带着孩子过日子。跟汪国真家做邻居是从1972年部里腾退筒子楼开始的。我们几十家都搬到大院最北端的平房,平房有三排,我们住的最后一排叫后三排,每家是里外套间,而家里孩子多、级别高的占两个套间。我家跟国真家隔了两户人家,十几户共用一个水房及卫生间。在这样的环境下居住、生活,人们的亲近程度可想而知,我经常会见到国真每次刷完牙带着一嘴牙膏泡沫往家走……

在后三排居住的那几年,有几件往事令我记忆深刻。第一是国真爱看书。国真大哥初中毕业进了工厂,他特别爱看书,有点嗜书如命,但是在"破四旧"的时代,能借到的书很有限,不过只要他开口,邻居叔叔阿姨都从单位给他借书。我印象特别深的是我妈把学校图书馆里中国的、外国的书,一摞一摞往家抱,能借的书都给他借遍了。图书馆的老师直好奇,书都落灰了也没人借,你们家谁这么爱看书。我妈说是给邻居小孩借的,这些书不够他看的。图书馆老师感叹,这年代爱看书难得呀,这孩子准有出息。那些书我都看不懂,而国真大哥一目十行,过目不忘,要不说他能当诗人,真不是白给的。

第二是国真大哥会讲故事。大约是1973年、1974年,夏天的傍晚,最愉快的事就是听国真讲故事。他不上夜班时,吃过晚饭,我们几个邻居小孩搬着小板凳,拿着蒲扇,集结到他家门口,听他的专场。说相声、讲故事,那叫一个声情并茂、绘声绘色、活灵活现。

国真记忆力好,口才也不一般,他看过的书,听过的相声、故事都能讲出来。

在文艺节目只有样板戏的时期，我从记事起就没听过收音机里播放过相声，第一次从收音机里听相声就是马季、唐杰忠的《友谊颂》，那里边的斯瓦希里语到现在记忆犹新，国真讲的段子算是我的相声启蒙。

如今我已经退休，人生经历了许多事情，但青少年时期那些有趣的往事却挥之不去，美好的记忆一直萦绕在心头。

1976年，教育部五七干校解散，但教育部却没有恢复。原部里的干部都被分配到全国各地工作，我爸被分配到内蒙古医学院，国真爸被分配到安徽淮北三堤口学校。为了家人能够团聚，我们的母亲不辞辛苦地打报告、与相关负责人沟通，要求把孩子的爹调回北京。苍天没有辜负母亲们的不懈努力，终于我爸和国真爸爸都陆续调回了北京，又陆续回到了教育部。国真爸直到"文革"结束、教育部恢复后的1979年才重新回到教育部，李阿姨说她和国真爸爸分开了九年才又团聚的。真不容易，真为他们感到庆幸。巧的是，后来我爸跟国真爸爸分配在一个办公室工作，成了亲密的同事，真是有缘啊。

恢复高考后，1978年，国真以初中毕业的学历考上了暨南大学中文系！他就是我们的榜样！我们小孩们紧跟其后，你追我赶，也都圆了大学梦。

1979年，随着教育部大院的重新规划建设，后三排的家属也陆续全部搬进了新楼房。虽然我家和国真家不在一栋楼里，但是在那段艰难的岁月里我们两家建立的牢固友谊一直延续至今。

1990年以后，国真成了著名诗人，经常在电视上看到他接受采访，讲书画，做主持人，歌唱家演唱他谱曲的古诗词歌曲，真的为他高兴。他的诗读起来朗朗上口，激情澎湃，细品又富含哲理，既浪漫又有哲思。

"如果远方呼喊我，我就走向远方，如果大山召唤我，我就走向大山，双脚磨破，干脆再让夕阳涂抹小路，双手划烂，索性就让荆棘变成杜鹃,没有比脚更长的路,没有比人更高的山。""让夕阳涂抹小路","让荆棘变成杜鹃",这是什么神来之笔啊,这是什么洒脱的情怀啊。"没有比脚更长的路,没有比人更高的山"还被领导人引用过,老厉害了。

我爸说,部里的人都知道老汪的儿子成著名诗人了,大学里都在传国真的诗,谁见到老汪都竖大拇指,然后再夸上两句,老汪脸皮薄,不太好意思,一个劲地谢谢。

2015年国真生病期间,有一次我陪国真老母亲去医院看他,国真精神很好,慈爱的老母亲喂他汤圆,当着我的面他还有点不好意思。我说:"你现在太忙,只能在电视上看见你。"他说,很多大学请他去演讲交流,他跑不过来,推掉了不少。

前些日子,我去部里资产管理处查询我们从平房搬到楼房的时间,工作人员感到奇怪,我实话实说后,那位80后小伙子顺口就背出了国真的《热爱生命》,"既然选择了远方,便只顾风雨兼程……既然钟情于玫瑰,就勇敢地吐露真诚……"国真的诗真是深入人心啊。

现在国真妈妈身体硬朗,看到老人耳聪目明、脑子灵活,感到很欣慰。国真的妹妹玉华经过多年努力把国真的作品结集成书出版,还画了国真的肖像画作封面,画得惟妙惟肖,这是玉华学画仅仅几个月的作品,兄妹俩都才华了得。

翻看着那套厚厚的《风雨兼程:汪国真诗文全集》,读着国真那些美好的诗句,真想回到童年,真想在夏天的傍晚,在国真家门口听他的专场相声,看他神采飞扬地讲故事……

2023年12月23日于北京
(王丹,中国移动铁通集团有限公司高级工程师)

山高人为峰

——怀念汪国真

常丰威

  人生短暂，过客匆匆。人的一生重于泰山、轻于鸿毛，都是后人的评说。汪国真是在中国文坛上留下浓浓一笔的人，这样的人为数不多，令人感佩、令人怀念。一晃国真走了八年了，可我每每想起与他的交往，好像他就在旁边一样，仿佛我们仍在谈天说地一样，因为我非常想念他。我和国真是同事，我们同就职于中国艺术研究院，他先在文化艺术出版社，后又在艺术创作中心。交往了30年，可谓不短了。30年中，我们从一开始的同事到后来的好朋友，过往的小事历历在目，令人难忘。

  我和他最早相识于1984年年底。那一年，我开始专职从事中国艺术研究院的共青团工作，汪国真是我接触到的院属文化艺术出版社的共青团员之一。相见几次后，就到了他光荣退团的时候了。记得1985年5月4日，我们在当时的研究院所在地恭王府葆光室召开全院团员大会，其中一项议程就是汪国真因超龄光荣离团。当时国真在会上很动情地说，他虽因年龄原因离团了，但心永远和年轻的朋友在一起，并表示要为青年朋友们做一点他力所能及的事。当时大家并不以为意，但很快，国真的诗不断地在各大刊物公开发表，在年轻人中引起了广泛的共鸣。他的确出名了，而且相当有名。那时候院收发室，每天收到全国各地写给国真的信件都很多，有时多的只能用邮局特制的布袋装着带回出版社。尤其是每周一一上班，收到的信函真不少，都是写给国真的。但我觉得，无论他多出名，他仍然还是那个有着儒雅风范、英俊潇洒，戴着珐琅眼镜，戴一副蓝灰色套袖的文学编辑。他在社会上很出名，一些单位还通过我邀请他去作报告、演讲。我每次与他联系，只要时间允许，他都应允应邀前往。在文化艺术出版社，他先是担任四编室的编辑。有一次，我带着郑州小史去出版社联系出版庞中华硬笔书法字帖的事，负责具体接待的编辑就是汪国真。他依旧是那么儒雅、那么英俊、那么潇洒、那么谦和，仍然是戴着珐琅眼镜和蓝灰色的一副套袖。当小史知道接待他的是他非常崇拜的著名诗人汪国真时，惊得嘴都合不上了，连声和我说，真不敢相信这就是汪国真。后来国真又负责《中国文艺年鉴》的编纂工作。我们平常的见面大多都是在研究院的食堂里。中午吃着饭，大家边吃边聊天。当时对待国真，社会上有褒有贬，国真曾多次很动情地与我说过，他要认真研读经史子集，创作出规整的诗词歌赋；还要认真练习书法，不但要把诗写好，还要把自己的字也写好，要让社会相信，证明自己是一个真正从事文学的有传统功力的人。国真是这么说的，也是这么做的。过了几年，他的诗集不断地出版，他的书画作品也经常见诸出版和展览，我还在很多风景名胜地看到了他的真迹墨宝。他的行楷很圆润饱满，也很有功力。尤其是，他还擅长毛体字，确有毛体的大气风范。

2005年夏，国真由文化艺术出版社调入院艺术创作研究中心，我作为当时的院办公室主任，了解国真的调动情况。当时出版社的负责人向院党政领导班子成员汇报工作，说国真的主要精力都放在了诗歌创作上，已经影响了本职工作。听到此话，时任院长兼党委书记的王文章同志直接明确表示，汪国真是在中国文坛上有过大影响的人士，如何发挥他的长处，是我们要认真思考的问题。并说，这样的人才，我们要发挥他的长处，要创造条件让他更愉快舒心地为社会多做贡献。当即建议院党政领导班子专题研究。在征得院党政领导班子成员一致同意后，汪国真调入艺术创作研究中心，从事专职创作。此事国真曾在 2008 年夏，在杭州与我见面时问过我，我告诉他确有此事。他听后非常感动，直到 2015 年年初病重时，还在和我谈起此事，还说真想找机会再与王部长好好聊聊。此时，王文章同志已任文化部副部长兼中国艺术研究院院长。

国真对年轻人的成长是非常关心的。他的一位女徒弟，就是通过我介绍相识的。她叫李素红，是杭州的一位才女，我和她相识是从她加入中国硬笔书法协会开始的，她后又成为浙江女书法家协会的主席团成员，字写得好，歌儿唱得好，人长得非常漂亮，心地又非常善良，而且非常有爱心。汶川大地震后，李素红曾自费到灾区做了一个多月的义工，为灾区献出了自己的一片爱心。为了更进一步地从事文学创作，她非常想拜国真为师，想得到国真的帮助。她的想法得到了国真的肯定和支持。那一天，在全国文联旁正式举办了国真的收徒仪式，李素红敬茶，拜汪国真为师，还请我和著名书法家杨为国先生为证人。杨为国是中国回宫格习字法的创始人，是李素红的书法老师。大家希望素红能有一个更大的进步。的确，没过几年，素红的文学创作突飞猛进，出版了近百万字的作品，小说还被改编成电视剧，素红也光荣加入了中国作协。

2015 年年初，我得知国真身体不好，电话联系中他还说："我的肝有些小毛病，不会有大事的。"可春寒料峭，不久，素红和我联系，说她到了北京，专程来陪护师父，说师父的病很重。没过多少日子，国真便进入了肝性昏迷阶段。这个时期，素红天天陪着师父汪国真，真正做到了一个徒弟对师父的临终关怀。有这样的爱徒，我相信国真地下有知也会感到欣慰的。

近几年，每到国真的祭日，素红都会给我发微信留言，寄托对自己师父的哀思。素红的家在杭州径山脚下，径山茶很香醇。她还专门研发了径界茶，曾几次与我说，可惜这精制的茶师父不能亲自尝尝了。国真走得太快了，走得叫人不肯相信。

记得告别的时候，北京八宝山的天空是阴沉的，气氛是肃穆的，国真躺在鲜花翠柏丛中，安详地睡着了。他太累了，他的音容笑貌犹在眼前、耳旁萦绕，没有比脚更长的路，没有比人更高的山，山高人为峰，汪国真，我们永远怀念他。

2023 年 4 月 25 日

（常丰威，中共党员，就职于中国艺术研究院，曾专职从事共青团工作多年；后任中国艺术研究院党委办公室、院办公室及纪检办公室主任）

远去的背影

杜卫东

这是25年前的一篇旧作，收入在我当年出版的一本人物报告文学集里，未曾在报刊上公开发表。今日国真远行，翻出这篇旧作，读来不禁心绪难平。在他远赴天国的路上，已有了那么多送行的花环，但愿这篇小文能化作几朵黄菊，祭奠于他的灵前。

——题记

1. 潮水退去看冰山

6年前的夏日，一个残阳如血的黄昏。

新近嫁到我们院儿的小汪领来了一位清秀的男孩儿。

"这就是我哥哥汪国真！"

他中等身材，挺拔的鼻梁上架一副普通的近视眼镜，镜片的后面，是一双如秋水一样平静而又纯洁的眼睛。正在乘凉的我站起身，在伸出右手的同时，仔细地打量了一下略显腼腆的来客。

走进燥热的居室，我们相对而坐。

"你写诗？"我以这样的一句话作为开场白。在这以前，自认为对诗歌界较为关注的我从来没有读过他的诗，并且从来没有在多如繁星一样的诗人或准诗人大军中，听说过这样一个名字。

他写诗，还是他的妹妹事先向我介绍的。

他点点头，莞尔一笑，真诚而不失风度。随手从衬衫的口袋里掏出几页稿纸："这是我最近写的几首诗，请你指点。"略一沉吟，又有些腼腆地说，"我很喜欢读《追求》，不知道这些诗能不能在《追求》上占一点版面？"

那时，我任《追求》杂志社副主编。

我随手翻了一遍，一股清新之风拂面而来。这些诗不故作高深、不故弄玄虚，而是以白描的手法、质朴的语言，解悟人生，阐发哲理，与《追求》的整体风格正好一致。于是，我打破了《追求》不发诗歌的惯例，在比较显著的位置推出了汪国真的组诗：《年轻的思绪》，其中就有诗人曾被几次退稿的成名作《热爱生命》。

从此，我们成了朋友。

汪国真总是那样恬静。微笑着走进来，递上一叠诗稿便默默地等待你的评判，毁誉皆由他人，自己从不争辩。他的人有如他的诗，沉静得如一泓秋水，纯洁得似一片白云。

一晃儿，五度春秋，几多风雨。汪国真竟如一座奇峰，突起在寂静了多年的诗坛。他手中的一支笔，仿佛特别被缪斯点化了一般，为那么多的青年男女所痴迷。他们随着他的笔，时而驻足生活岸边，时而徜徉伊甸园内，时而梦登人生峰巅，时而信步友谊桥畔，去领受，去感悟……

成名以后的汪国真一如以往：不浮躁、不狂妄、不故作高深、不矫揉造作。

"卫东，我很感激你，真的。"被鲜花和掌声簇拥着的汪国真每每在电话中真诚地对我说，"我所以获得成功，和一些人的帮助是分不开的，其中一个便是你！"

我却不安。因为我知道，冰山所以显露，不只因为退潮，而是因为它的底座曾经被海水遮盖。

2. 多亏了生活当初的吝啬

如果没有那首即兴之作和随后寄来的几元稿酬，汪国真也许不会步入诗坛。

"天将晓，同学醒来早，打拳作操练长跑，锻炼身体好……"这首题名《校园一天》的小诗，直白浅露自不待言，而且是"扒"的陈毅元帅鼎鼎大名的《赣南游击词》。诗写好了，随后在他就读的广东暨南大学中文系主办的《长歌》诗刊上变成了铅字。如果事情到此为止，那么，也许便如蓝天的一缕炊烟、长河的一圈涟漪，很快消逝，不会在他的人生旅途上留下什么痕迹。

一个偶然的机遇改变了汪国真的人生。

《中国青年报》一记者到广东暨南大学采访，无意中翻到了这首稚嫩的小诗，拿回来发表在校园生活专版上，并寄来了两元稿酬和一封热情洋溢的信。

汪国真在心底牢牢记住了这个日子：1979 年 4 月 19 日。

在这之前，攻读中国语言文字的汪国真尽管在心底时常萌动一股写作的激情，但从来没有想到过投稿。他觉得，那是一件很奢侈的事，非才情学问都极富有的人不可为之。偶然的成功，使汪国真重新估价了自己——也许，我能行！

可是，生活却偏偏抛给了他一个"二律背反"：他觉得自己不行的时候，他意外地获得了成功；他觉得自己能行的时候，寄出的稿子却屡投不中。开始，他专攻北京，寄去的诗稿均如泥牛入海。他又转而把目光投向广东。撒出一斗，收回一升。而且也只是在《群众说唱》一类的小报小刊上发表几首七八行的短诗。

汪国真投稿的积极性锐减。

他开始徜徉于诗山学海，去采撷，去吸取，去鉴别。在中文系，汪国真不是学习成绩最好的，却是借阅图书杂志最多的学生。汪国真说他的诗得益于4个人：普希金的抒情、狄金森的凝练、李商隐的警策、李清照的清丽。或许正是在这个时期，他开始兼收并蓄，加以融会贯通。今日的汪国真假如是一座已露出水面的冰山，那么，彼时的他已经在营造坚实的底座了。

多亏了生活当初的吝啬，不然，汪国真也许会长成一株高昂着头的莠草。

3. 缪斯让他选择了诗

有论者曰："汪国真诗歌的大部分，都与当代青年遇到的烦恼、挫折、迷惑和困难有关，你不能说汪国真是专门为解答和排遣当代青年遇到的问题才写这些诗的。但是，在客观上，汪国真的诗确实像一服清凉剂起到了慰藉那些年轻心灵的作用。"

其实，汪国真在主观上的意识也是十分明确的。大学毕业以后，他经常翻阅各种青年刊物。而青年刊物一个很突出的特色就是反映青年呼声。从此，他感受到了青年的各种困惑。

解答这种种困惑，有的人用书信，缪斯让汪国真选择了诗。

《我微笑着走向生活》，是汪国真一首引起较大反响的诗作。这首诗在湖南团省委主办的《年轻人》杂志发表以后，分别被《读者文摘》《青年文摘》《青年博览》等覆盖面极大的文摘类刊物转载，引起了青年读者的广泛关注。他创作这首诗的初衷，就是有感于一些青年对生活悲观失望，而自己也时有这种情绪萦绕心头，于是想写一首诗既慰藉自己，也抚慰别人。如何落笔呢？他想起了拜伦的《致托马斯·穆尔》："爱我的／我报以叹息，恨我的／我置之一笑，任什么天气和运气，这颗心全已准备好……"不由心头一动，一行行诗句便顺着笔尖宣泄在稿纸上：

　　我微笑着走向生活
　　无论生活以什么方式回敬我

　　报我以平坦吗
　　我是一条欢乐奔流的小河

　　报我以崎岖吗
　　我是一座大山庄严地思索

　　报我以幸福吗
　　我是一只凌空飞翔的燕子

　　报我以不幸吗
　　我是一根劲竹经得起千击万磨

生活里不能没有笑声
没有笑声的世界该是多么寂寞

什么也改变不了我对生活的热爱
我微笑着走向火热的生活

在汪国真的诗集中,类似这样针对青年的各种困惑,以诗言志,表达自己对于生活的感受和理解的诗作还很多。而汪国真的代表作《热爱生命》则更是从青年备感迷惑的事业、爱情、未来、挫折四个方面抒发了自己对于生活的理解:

我不去想是否能够成功
既然选择了远方
便只顾风雨兼程

我不去想能否赢得爱情
既然钟情于玫瑰
就勇敢地吐露真诚

我不去想身后会不会袭来寒风冷雨
既然目标是地平线
留给世界的只能是背影

我不去想未来是平坦还是泥泞

只要热爱生命

一切，都在意料中

与其说，汪国真是以清新、秀丽的诗风打动了那么多读者，毋宁说，他是以蕴含在诗中的那一颗真诚、纯洁的心灵为自己赢得了声誉。

《我微笑着走向生活》使汪国真引起了青年读者的广泛注意，而《热爱生命》则使"汪国真"这个名字在青年读者的心中扎下了根须。

4. 玻璃书橱险些挤破

如果把几年前曾在诗坛刮起旋风的朦胧诗当成一种文学现象加以审视的话，那么，悄然而起的"汪国真热"则不仅仅是一种文学现象了，还作为一种持续的社会现象引起了不同年龄跨度、不同文化层次、不同社会阶层的人们的广泛注目。

几乎很少有诗人拥有过这种辉煌。

汪国真的诗主要发在北京和东北的一些青年刊物上。在上海发的东西很少，以至前不久到上海去参加签名售书活动的汪国真很有些忐忑地表示：对这次活动，上海读者有没有兴趣，"我心里真没底"。

可是，颇为挑剔的上海读者却同东北、北京、天津等地的读者一样，对这位清秀的青春派诗人表现了极大的热诚。

我们不妨摘录一段《新民晚报》记者关于汪国真签名售书的报道：

尽管细雨迷蒙，昨天一早就有无数读者在书店门口恭候，那份神情不亚于费翔和谭咏麟的崇拜者。临近9时，店门洞开，事先得到消息的读者涌进书店，清一色的俊男倩女，清一色的梦幻年纪，幸亏书店有经验，有意识地堵住了一些通道口，人流自然地在二楼绕上几圈，拐上几个弯，这样一条排队长龙就不费力地形成了，否则玻璃书橱非挤破几个不可。

当汪国真开始签名的时候，记者发现这条长龙总共拐了9个弯，穿过了20多根柱子，几乎把书店二楼每一个空间都填满了，有二三百米长，约有数千人。经理说：在南东书店，中国作家为读者签名活动这是最热烈的一次。

今年春节，作为最年轻的一位代表，汪国真来到中南海参加了由江泽民同志主持召开的文艺界知名人士座谈会。会议开始逐一点名，叫到"汪国真"时，总书记颔首微笑，点头自语："噢，青年诗人！"

一位漂亮的女服务员在为汪国真斟水时，竟一反往日的矜持，小声说了一句："我读过您的诗，很喜欢！"

在北京航空港，汪国真为了消磨候机的时间，来到小卖部前买一本新出的杂志，售货员认出了他，意外地说："你是那个写了《年轻的潮》的汪国真吧？我们很喜欢您的诗。"

登机时，一位威武的女警官也认出了他，主动为他提起行李，进了检票口，汪国真走了几步回首一看，见那张年轻而生动的脸还趴在玻璃窗上向他张望。只不过，已经不是她一个人了。

该怎样报答读者的这一份厚爱呢？

汪国真的心像一片裸露的沙滩，不时被一排又一排爱的热浪漫过。

泪水，常常模糊他的眼睛；

心中，每每涌动一股激情。

倘若没有了激情，也就没有了诗……

5. 割开我们的不仅有岁月

汪国真善于以生活入诗，用真诚感人。他诗的触角随时都伸向生活，去捕捉、去感受。生活中常见的一些事，别人或许漫不经心，而他却能从中捕捉到一种独特的内心感受，然后用诗的形式抒发出来。

读他的诗，我们常常可以感受到一种撩人心弦的情怀，一缕欲说还休的韵味，一腔眷恋生活的深情。

他的诗，因为生活而美丽；

他的生活，因为诗而充实。

北上的列车上，他与一位女大学生相对而坐。人和人之间的距离有时是最长的，彼此跋涉终生，最终也难得走到一块儿；人和人之间的距离有时又是最近的，一个眼神、一句戏语、一个表情、一句问候，便可拆去心的设防，在两颗本来陌生的心之间架起桥梁。

他和她相识了。

没有铺垫、没有过渡，一切都那么自然。

他讲他的人生经历，她讲她的学校生活。等到分手时，两人好像已经认识了几百年。

他拿着姑娘的行李送她下车。他站在车上，她站在车下，火车启动的一刹那，一种惆然若失的感觉突然掠过心头。回到座位上，他抽出钢笔，在一块纸片上随手写下了两个字："旅伴"

这一次握别

就再也难以相见
隔开我们的不仅有岁月
还有风烟

有一缕苦涩
萦绕心间
迎着你的是雾一样的惆怅
背过身去是云一样的思念

命运，真是残酷
为什么我们只能是旅伴

还有一次，他的一位女朋友到他家做客。女朋友走了，汪国真把女朋友用过的茶缸刷干净，把糖盒重新合上，就连女朋友坐过的沙发，他也将皱褶抚平。

一切都像原来一样了。汪国真若无其事地坐下来看书。他35岁了，婚姻自然成了父母的一件心事，所以他们对儿子和女孩子的交往格外留心。汪国真在婚姻上又过于浪漫、过于执着，轻易不肯敞开心扉去接受一位异性的温情。因此，他的婚姻如同地平线上的一抹亮光，让人感觉到它的存在又每每不能变成现实。

不肯向岁月投降的汪国真为了不让父母过多地分心，便不愿意向他们展示那些本不成熟的爱情。

母亲回来了，扫视了一下房间，便一边脱去风衣，一边装作漫不经心地问："今天家里来客人了？"

"没有。"汪国真合上书本。

"不要瞒我，今天不但来客人了，而且还是个女孩儿。"说着，母亲走到冰箱前，从上面拿起一只纸叠的小船。"这是谁叠的？"原来，女朋友在和汪国真闲聊时，叠了一只精巧的纸船儿，临走时，随手放在了过道的冰箱上。

生活的痕迹是抹不去的。

汪国真脸红了，他接过母亲手里那只精巧的纸船儿，一种异样的感情在心中萌动。啊，生活真像色彩迷离的晨雾，给人以那么多遐想、那么多纯真。于是这情感经过沉淀、过滤，在汪国真的笔下变成了质朴清丽的诗句：

　　他长大了
　　认识了一个
　　喜欢叠纸船的女孩
　　那个女孩喜欢海
　　喜欢海岸金黄的沙滩
　　喜欢在黄昏里的沙滩漫步

　　有一天
　　那个女孩漫步
　　走进了他家的门口
　　晚上，妈妈问他
　　是不是有个女孩来过了
　　他回答说

没有，没有呵

妈妈一笑
请问，那个纸船是谁叠的

在某高校，汪国真讲了这首诗和这个故事。一个同样清纯的女孩问："这叠纸船的女孩现在哪儿？是不是成了你的妻子？"

汪国真回答说："有许多美丽的故事留下来的都是遗憾！"

是的，婚姻不是清纯加清纯、美好加美好。缔结最佳婚姻的契机应该是一种感觉。而这种感觉非有心路的相通是不能产生的。所以，许多美丽的故事都镶上了遗憾的花边。这样说也许太玄妙。唯其玄妙，婚姻才是一道应当终生解悟的方程。

"你真狡猾！"大学生或许还理解不了其中的禅机。

"你才知道！"汪国真和清纯的大学生开了一个玩笑。

活着，并且感受，真是一件美丽的事。

感受，是一种人生的体验。体验人生，需要的是对人生的爱与执着。

6. 一千个汪国真也顶不上我一个

热爱人生，便需要对人生有一种超然的态度。

"火"起来的汪国真不乏鲜花、赞美和排成长队的崇拜者。看一看读者写给汪国真的信，叫每一个爬格子的人心里都妒忌。

据说，汪国真在某大学讲演时，大教室里被挤得满满当当，有一些女生竟是在头一天中午就占好座位的，比"人类灵魂的工程师"李燕杰到大学讲演还轰动。

对于这一切，汪国真表现出一种超然并不难。他可以微笑着面对学生们的赞美，可以潇洒地为崇拜者们签名。

但是，面对另一种情景，他还超然得起来吗？

北京大学，中国的思想摇篮。没有一个学校能比这里的莘莘学子更具有挑剔的目光了；他们不供奉偶像，不崇拜名人，即便是泰戈尔转世，他们也不会把他供上神坛。

何况，一个小小的汪国真。

讲演正在进行，一个条子从后排传到前排；再由一个头后扎一束"马尾巴"的女大学生递到汪国真手里。汪国真展开纸条——

"中学生随便写在笔记本上的诗都比你的诗强，对此，你有何评论？"

汪国真笑了，笑有多种，无可奈何的是苦笑，兴高采烈的是欢笑，装模作样的是假笑，心怀叵测的是奸笑。

汪国真的笑呢？真诚、自然、毫不造作。

"不知道是他的某一首诗写得比我强呢，还是所有的诗都比我的强；即便是所有的诗都比我写得好，也没有什么值得奇怪的，因为中国有一句老话：英雄自古出少年！"

很吝啬掌声的大学生突然慷慨起来了，他们为蔑视名人的精神叫好，也为汪国真的超然鼓掌。

有一位写诗的青年，读了汪国真的诗不屑一顾。不屑一顾不读便是了，可是他不，他叫人传过话去："一千个汪国真也顶不上我一个！"

汪国真听了，也只是一笑："那好，我祝他走运！"

在华东师大讲演时，一张条子从后排递到了前排，一位代读条子的男同学清了清嗓子：

"汪国真,请……请你沉默着退出诗坛!"

汪国真一听,笑容消失了,代之的是庄严的神情。

历史已经进入20世纪90年代,政治上的强权已为人们所不齿,何况学术上的争鸣呢?一种流派的消失与否,只能是由这一流派内在的生长机制决定,谁也没有权力下命令,谁下的命令也无济于事。

世界,不再供奉偶像,文坛,也不需要霸主!

"我这个人就喜欢挑战:越是叫我退出文坛,我就越不会退出文坛!"

掌声,如春潮涌动……

人生,便是一个不断迎接挑战的过程。

战胜了一次挑战,便完善了一次自我。超然物外的胸怀,迎接挑战的气度。这便是人生的两只车轮,缺一不可。

7. 谁圆了谁的梦?

对于汪国真的"火"有人实在不服气。

不是哪位权威,也不是哪家出版社,而是千千万万的青年读者把汪国真推出来的。记得前两年,我曾劝过汪国真,改写报告文学算了,因为诗歌实在不景气,以至于不少诗集全国征订一圈儿,订数不足百本。在这以前,我曾试图为汪国真出一本诗集;我并不觉得他的诗已炉火纯青、无可挑剔,但直觉告诉我,他那真诚、清秀的诗风肯定会受到青年读者的欢迎。但是几次尝试,都未能如愿。

没想到,和汪国真并不相识的师生间的几句对话,竟圆了他想出诗集的梦。

"你们在抄什么呢?"

"抄诗。"

"谁的诗？"

"汪国真。"

"汪国真？"女教师从来没有听说过这个名字，"你们喜欢他的诗？"

"全北京的中学生都喜欢。"女学生的话或许不无夸大，但是她们所传递的信息确实使女教师的丈夫——一家出版社的编辑部主任怦然心动：说不定这是一个极好的选题。职业的敏感使他急切地借回了学生们手抄的诗作，才读了几首便断定这些诗如结集出版肯定会拥有大批青年读者。

于是，他找到了汪国真……

于是，汪国真的第一本诗集《年轻的潮》在短短20天之内便以精美的印制出版了。印数一增再增，很快便突破20万大关，创造了诗集出版史上的空前纪录。

汪国真的另一本诗集《年轻的思绪》也是以手抄本的形式先在读者中流传，而后被出版社发现出版的。

那是一个叫王萍的女孩儿，当她从《读者文摘》上读到那首隽永深邃的小诗《我微笑着走向生活》以后，就默默地记下了一个平凡的名字：汪国真。她开始处处留意汪国真的诗作，几年下来，竟辑了厚厚的一本。从此，这本由王萍精心编辑，有"书名"，有"序文"，精心划分了10个栏目，抄写得十分工整，署名为"梦幻出版社"的手抄本便开始在一些青年中流传。后来，受王萍之托的一位中年人敲开了汪国真的房门，请他在这本"诗集"上签个名。汪国真用颤抖的手签上了自己的名字——他为一位女孩子纯真、善良而又美丽的梦所感动。

一个偶然的机会，文化艺术出版社综合编辑室主任许廷钧获悉此事，感叹不已，随即向出版社领导建议出版这本"手抄本"诗集。

于是,《年轻的思绪》得以迅速出版。

美丽的梦变成了美丽的现实……

一位女孩在寄给汪国真的贺卡上曾写有这样的诗句:

> 你装饰了别人的梦
> 带给大家好梦无数
> 为许许多多美丽的梦
> 镶上了美丽的花边

是读者圆了汪国真的梦,还是汪国真圆了读者的梦?

谁也说不清,道不明。其实,人生中有些事本是无须弄明白的……

8. 王健可以不再遗憾

关注汪国真的不仅仅是青年。时刻关注青年的人也在关注汪国真。

去年11月份,汪国真收到了一封信。打开它时汪国真或许并没有特别在意,因为成名以后他每天至少要收到四五十封读者来信。

汪国真同志:

在很多报刊上读到你的诗,很喜欢。早就想和你联系,只是不知道你的通讯地址。后来在一家报纸上得知你在中国艺术研究院工作,所以迟至今天才写出这封信。希望能得到你的诗集。我想,我们是可以合作的。

下面的署名是：谷建芬。

读完这封信，汪国真高兴极了，他早就想为自己的诗插上音乐的翅膀，而他最盼望的合作者，便是大名鼎鼎的谷建芬。可是听说，作曲家很苛刻，找上门的词作者络绎不绝，对于他们的歌词，作曲家很少"首肯"，所以，一直没敢贸然造访。

可遇而不可求，也许这就是机缘。

汪国真当即寄出了自己的诗集。几天后，又拨通了作曲家的电话："喂，你是谷建芬老师吗？"

"对，你是哪一位？"

"我是汪国真。"

"噢，你好。"作曲家热情洋溢，"其实，我很早就注意到你的诗了。那时，你的诗还没有轰动。刚开始，我还以为你是台湾的诗人呢？"作曲家言毕，朗声一笑，"对了，你寄来的诗集收到了。我已经谱了3首：《给我一个微笑就够了》《母子》《如果》，等谱出个十首八首时你来听听！"

"太谢谢您了！"汪国真由衷地说。随后，他不无忧虑地问作曲家，"前些天在报上看到一篇文章，说您已经退出歌坛了？"

"不。我的意思是我要休息一段，不是退出。"

"那就太好了。不然，那么多喜爱您歌曲的青年会失望的。"

"是啊，青年人的这一份情谊真是值得珍重。"作曲家颇动感情，俄顷，她又说："我有一个老搭档，叫王健。他说，他注意到你比我还早。他认为你的许多诗作为歌词来欣赏也是很好的。可惜，你长期没有介入歌词创作……"

如今，王健可以不再遗憾。

汪国真开始以较大的精力投入歌词创作,他作词的专题盒带《青春时节》已出版发行。并且,销售量居当月的盒带之首;他本来请我去参加盒带的首发式,我有事未能成行。汪国真特意送来一盘盒带。听着歌星杭宏那深情、委婉的演唱,我不由想起了辛弃疾的几句词:

串玉一声歌,占断多情风调。清妙,清妙,留住飞云多少?

仔细再听,留住的又不止是飞云……

9. 一个女孩打来电话

汪国真是读者推出的诗人;读者是汪国真心中的上帝。

对于千千万万热爱自己诗的读者,汪国真不敢有稍许懈怠。

最好的回报自然是写出更多更好的作品。为此,汪国真正在尽心竭虑地耕耘。聊可自慰的是,今年,他将有3本以上的新作奉献给青年朋友。

除了诗,他还写歌词,写哲思短语。

即使这样,他依然感到不安。于是,从他的心底便流出了这样的诗句:

总是觉得

愧对那些期待的眼睛

过去的一切

仿佛是一个

极易破碎的梦

我只是把
心灵孕育的种子
虔诚地撒在了大地上
不承想　它们
真的长成了树
长成了一片风景

不要赞美我
那是由于慷慨的阳光
温馨的雨
还有那微笑着走来的
暖暖的风

有一天，汪国真接到一个电话，一个女孩儿打来的。

"我们能跟您聊聊吗？"

"能先告诉我你是谁吗？"

"我是你的一个热心读者，代表一群你的热心读者给你打电话。明天是星期天，如果你不介意的话，上午10点我们在景山门口等你。"

汪国真如约而至。

他本来有很多事情要做，但是他把要做的事都放下了，甚至放弃了和女朋友的约会，来到景山公园门口，见一群十七八岁的男女学生正在那里翘首以待。凭直觉，他觉得约他出来的是他们。于是走过去："你们是不是在等一个人？"

"是啊！"中专生们有些疑惑地看着眼前的这个戴眼镜的青年人，"你是……"

"我就是汪国真。"

"吓！"中专生们有些愕然了。只见他一米七的个头，梳一个青年式，穿一件夹克衫，装束一点也不"潮"，一点也没有他们想象中的那种诗人气质：长发披肩、放浪形骸。只有在他的眼睛中，他们找到了令他们感动不已的那一份真诚、那一份纯洁。

"谢谢你来光临我们的聚会。"

"能和你们在一起，我会感到年轻！"

他们一起爬山，一起照相，一起探讨人生，一起享受欢乐。分手的时候，打电话的小姑娘说："我们没想到你会来，可是，你来了，而且比我们想象的要更年轻、更平易！我们应该谢谢你！"

"不。应该道谢的是我。谢谢你们喜欢我的诗。"

中专生们是真诚的。汪国真也是真诚的。真诚是一条彩链，把汪国真和读者紧紧地连到了一起。

理解是理解的投影；真诚是真诚的和弦。

10. 刻骨铭心的爱之初吻

三十有五的汪国真至今仍然孑然一身，不是不想结婚，用他的话说，"如果我要和谁结婚，前提是我必须非常非常爱她，否则，既是对她的伤害，也是对自己的伤害。或许我追求诗意的生活，而生活并不那么诗意。所以我至今不能成功"。

爱是一种感觉。感觉是一个转门，常常从一个忠实的诺言走向另一个忠实的诺言。什么时候转门停止了，爱便找到了归宿。

它属于永恒。

汪国真自然也爱过。而且，刻骨铭心。

他是在家里认识她的。他从广州回京度寒假，她要在4月到广州去观光，一位朋友介绍她认识了他，并请他在广州时关照她。

于是，在"四月清和雨乍晴，南山当户转分明"的时节，他和她在广州相会了。

人和人之间真是奇怪，有的人厮守终生，也没有一句真话；有的人相识半日，便可一诉衷肠。凭的是什么？感觉。

"你今天说的许多话，并不适合对一个刚认识的人讲！你为什么要告诉我？"

姑娘抬起眼望望他，目光幽幽的。父母离异，人情冷暖，使她那双本来应该属于霞光的双眸，过早地罩上了一层忧伤的云翳。

"我也说不清……"

说不清的是情爱，说得清的是情谊。

羊城四月，正是撩人情思的时节。六榕寺、莲花山、浴日亭、流花湖，到处都留下了他们青春的气息。

一天中午从学校的招待所出来，姑娘好像信口而出："你挺有吸引力的！"

"我没有吸引力！"

"放心，我不会过分。"

"没事儿。"

被"缪斯最钟爱的男人"第一次与爱神对话，竟这么缺少诗意。其实,汪国真是很喜欢这个姑娘的。从第一次见面,他就在心中感叹造物主的鬼斧神工,居然把一个凡人塑造得这么清灵水秀、光彩照人。可是,传统的家庭教育,使他还无力摆脱传统的羁绊,他不大适应一个女孩子首先表露爱慕的做法。

第二天,他们去肇庆的七星岩。早晨6点钟的旅游车,汪国真怕误点,竟一宿没合眼。在车上,他抵不住疲惫的侵袭,头像鸡啄米一样,在胸前一点一点地。

姑娘说:"你困了,头靠在我的肩上睡一会吧!"见汪国真有些犹豫,又说:"你是为了陪我,没关系。"

于是,汪国真的头第一次靠在了一个少女的肩上。从那冰清玉洁般的躯体上散发出来的缕缕温馨,倏忽之间弥漫在他的心里,驱走了睡意,驱走了喧嚣,也驱走了人世间的一切。他闭着眼,眼前一片朦胧。天地之间,仿佛只剩下了她和他,他真想让时间凝固,就这样,相互依偎着进入永恒……

到了肇庆,银湖黛峰,钟乳瑰丽的七星岩已黯然失色了;两颗年轻的心像两块磁铁,相互贴靠在一起。

热吻,融化了人世间的所有纷繁与世俗。

"你什么时候爱上我的?"

"见你第一面的时候。"

"这种事,一般而言,应该是男孩主动。"

"可是我不能因为羞涩,遗憾一辈子。你知道,上小学的时候,我的父母就离婚了,这在心理上对我的刺激很大。所以从很小的时候,我就留意男孩了。我希望能找一个可以终生相托的人,不再重复母亲的悲剧。"

"于是，你选中了我？"

"……我喜欢你。喜欢你的气质和你们家的氛围。广州对我是一个机会。如果我不在这里把关系明确了，你回到北京以后，我会缺少竞争能力的。"

"为什么？"

"因为你是大学生！你有海外关系！你又潇洒。"

姑娘调皮地看了他一眼，咯咯地笑了。

多么有心计的女孩儿。汪国真望望她，不知为什么，心中竟涌出一股酸楚。他把她拥进怀里，在她的脸颊和额头上，落下了无数个吻。

但愿自己的吻，能融化她心中的哀怨。

但愿自己的爱，能舒展她胸中的愁肠。

初恋也许就是在那时罩上了阴影。爱，是理解的别名；爱，是信任的使者。然而，对于一个心灵上有着创伤，过分敏感、又过分自尊的女孩儿，要做到这一点实在不易。遗憾的是，那个男孩，也还不懂得什么叫作"珍重"。特别是一开始，他就居高临下，便更容易看淡了这一次相识。人海茫茫，本难得一次令人心跳的相识。

"好好的，我在北京等着你！"姑娘幽幽地说。

"如果我跟别人好了呢？"汪国真开了一个玩笑。

情人送别，本该多一些缠绵，少一些调侃，况且，这是一个才开始编织的梦呢。

"告诉你，不要以为我是好欺负的！"姑娘勃然变色。

他有些意外地扫了她一眼："原来你这样厉害！"

女孩回北京以后，他们又通了一段时间的信。有思念的倾诉，有学业上的切磋，也有令双方都不愉快的争吵。他理解不了她，她包容不了他。分手便是注定的了。

那一天，已回到北京的汪国真和她在北海公园幽邃的山石之间，谈了很久，直谈得夜色为群山披上了一件黑斗篷，晚风为大地唱起了一首催眠谣……

这以后，汪国真又谈了几个女朋友。只是，他常常想起她，常常拿她对照她，因此，至今仍孑然一身，仍在苦苦寻觅中。

"回想起来，当时有些意气用事。如果是今天，也许我们不会分手的！"

汪国真的爱情诗有多少得益于这次初恋经历，不得而知，但是那首情真意切的《怀想》却是这次初恋刻骨铭心的写照——

    我不知道

    是否　还在爱你

    如果爱着

    为什么　会有那样一次分离

    我不知道

    是否　早已不再爱你

    如果不爱

    为什么　记忆没有随着时光流去

    回想你的笑靥

    我的心　起伏难平

    可恨一切

都已成为过去

只有婆娑的夜晚

一如从前　　那样美丽

11. 老天也为他和她流泪

汪国真属于性格腼腆、观念比较传统的那类青年。没有很大的把握，他轻易不会向一个女孩表露感情。他怕被人拒绝。不过，一旦他爱上了一个女孩儿，便有一段刻骨铭心的故事。

所谓刻骨铭心，是指故事深层所蕴含的情感冲动。就其表面而言，又实在平淡无奇，宛如水中的一圈涟漪、夏夜的一缕凉风、深秋的一抹白云……

他是在一个青年联谊会上认识她的。

那时的汪国真正在文学之旅上牙牙学语，他写诗，也写别的东西。走进联谊会场，他是要写一篇反映青年业余生活的纪实文学。

或许是她委婉的歌喉，或许是她高雅的气质，或许是她清灵的笑声，或许是她美丽的双眸，或许什么也不是，只是凭一种感觉，在那么多俊男倩女中，他偏偏走向了她。

"小姐，如果你不介意，我能跟你聊聊吗？"汪国真出示了记者证。

记者证只能表明一个人的身份，眼睛才能袒露一个人的内心。在和汪国真对视了一眼后，姑娘点点头答应了——那是一双清澈的眼睛，一双只看一眼便可以拆去心之设防的眼睛。因为那双眼睛可以让你读懂两个字：真诚。

他和她相识了。相识以后的日子是美丽的。仿佛天也高了，地也阔了，空气也像被滤过一样，吸一口便让人心醉。他在心中默默地爱着，却没有随便将这个"爱"字出口。爱是一种感觉，同时也是一种责任、一种义务。当他觉得他心理准备还无力承担它时，轻易说出口，便是对"爱"的亵渎。

用嘴说出的爱如同雨后的彩霞，虽然绚丽但却易逝。

用心感受的爱如同小溪的流水，虽然平淡但却执着。

心河默默流淌。一个深情的眼神便可溅起一朵浪花；一句会心的笑语便可激起一圈涟漪。

然而……

汪国真永远也忘不了那一天。两个人在一家快餐厅里相对而坐。闲谈中，她似乎不经意说出的一句话却似一记重锤几乎把汪国真击倒：

"我爱人……"

后面的话汪国真一句也没有听到，他只觉得形只影单，仿佛置身于荒芜的沙漠，那么孤独、那么寂寞。

她已经结婚了，他心中的梦还没有来得及编织便破碎了！

其实，这句话是她鼓了几次勇气才说出的。她知道他在默默地爱着自己。她也喜欢他。

他爱她的美丽；美丽和漂亮是两个概念。漂亮的不一定美丽，美丽的一定漂亮。她喜欢他的真诚。真诚和虚伪是冤家对头，真诚不允许虚伪同行。

一切都无须再说。沉默，有时也许是最深刻的语言。

他和她就那样相对而坐，一直坐到夕阳西沉，夜之将至。天下雨了，细雨霏霏。晚来的客人穿着雨衣，打着伞。

"你看，老天也哭了！"

一句话，引出四行热泪……

于是，在汪国真的诗集中，便多了这样一首诗：

总有些这样的时候

正是为了爱

才悄悄躲开

躲开的是身影

躲不开的　却是那份

默默的情怀

月光下踯躅

睡梦里徘徊

感情上的事情

常常　说不明白

不是不想爱

不是不去爱

怕只怕

爱也是一种伤害

有论者曰：如果不是不想爱，只是不去爱，更是一种伤害。

每个人有每个人的生活方式，每个人有每个人的价值观念。一个人就是一个世界，谁也不必拿自己的世界去规划别人。

汪国真离开了爱神，走近了友谊。

对于人生，人们有着不同的感情体验。无论是苦涩的，还是甜蜜的；无论是辉煌的，还是遗憾的——只要问心无愧！

12. 分离原来并非结局

汪国真还有一次情感经历，如果写成小说，或许比琼瑶还要琼瑶。

1983 年从暨南大学毕业回到北京后，他参加了文化宫举办的一个绘画学习班。第一次走进那间大教室，他的眼前仿佛就升起一轮太阳——那是一个婀娜多姿的青春少女，一头像瀑布一样的长发倾泻在肩头，一双像秋水一样的眼睛充满了灵气。

然而，人们的情感有时常常构成悖论。你无意攀附的异性，彼此可以谈笑风生；你倾心爱慕的姑娘，双方却常常敬而远之。

在汪国真的心中，她便是美丽的维纳斯。他想走过去，几次踮起脚尖，仍怕冒犯了她的圣洁，于是，他只能压抑着内心时时涌动的情感，默然地设计着他和她要说的第一句话：

"我好像见过你！"

"是吗？"姑娘会扑闪着美丽的大眼睛，问，"在哪儿呢？"

"梦里。"

确实，矜持的姑娘没有走近他，却已经走进了他的梦里。可是，这个梦很快就被同学间的一次闲谈击得粉碎：

"叶倩可惜了！这么一朵好花却插在了牛粪上！"

"哟！叶倩都结婚啦？"同学们有些惊讶。

汪国真在一旁没有说话，一种强烈的失落感却如飓风一样掠过心头。他突然觉得，一切都索然无味，一切都变得毫无意义了。

第二天，他没有再去绘画班……

斗转星移，一晃，七度春秋。其间，物是人非，沧桑巨变，人们忘却了多少本不应该忘却的纪念啊！汪国真的记忆，已经几次"清仓查库"，该忘却的都忘却了。有些值得记忆的，因时过境迁，人海茫茫，也埋入了记忆的深谷……

这一天，他从教育部的家属宿舍骑车出来，在辟才胡同和一个骑车的女孩儿相对而过。一瞬间，仿佛一道闪电照亮了他记忆的深谷，久已逝去的往事又如昨天一样清晰可辨，历历在目。完全是下意识的，他随口叫出了那个曾令他魂牵梦绕、愁肠百结的名字：叶倩。

两人各自骑出去五六米，都站住了，都同时回过头来。

汪国真下车，只是想看一看她听到这一声呼唤有什么反应。他们总共见了两三次面，一晃已经7年过去，她还能认出自己吗？没想到，她不但认出他了，并且似乎并没有经过搜肠刮肚的回忆，便以同样的真诚、同样的期待叫出了他的名字：汪国真。

7年以后，两个人终于走到了一起。

"你怎么还记得我的名字？"叶倩问。

"当然有原因！"汪国真回答。

"什么原因？"叶倩问。

"以后有机会会告诉你。"汪国真回答。

姑娘望着他，目光幽幽地："你结婚了吗？"

"还没有。"汪国真不大自然地一笑，"你的生活还好吗？"

"我们早已经分手了！"一缕忧郁爬上姑娘的脸颊，"感激并不等于爱情。可是，结婚的时候，我们不懂，懂了的时候，已经结婚。"

见姑娘有些伤感，汪国真急忙岔开话题："你这是干吗去？"

"我妈妈在二龙路医院住院,我去看她!"

这时,姑娘的 BP 机响了,她看了一下,说:"我弟弟在呼我,咱们改天再谈吧!"说着把自己的电话和 BP 机呼号告诉了汪国真。

一个星期后,他们在一个咖啡厅相对而坐。

"谢谢你还记得我,我以为你早把我忘了呢?"

"怎么可能呢!"汪国真用小勺轻轻拌着咖啡,"这么些年了,我也没有什么不好意思的了。"于是,就把当时自己对她的感觉和盘托出。

姑娘听了,默然良久,然后给了他一个幽幽的眼神:"我告诉你,我给你的感觉肯定没有你给我的感觉好!"有顷,又问,"你的绘画学习班好像没学完?"

汪国真告诉了她事情的原委。

"其实,你走了以后,我也就没有再去!"

汪国真闻言,泪水一下子涌满眼眶……

人世间的有些事真是奇怪,有的人刚刚相识,便意味着结局;有的人虽然分手了,却才是开始……

以后会怎样呢?反正生活是最伟大的导演。

13. 不知你将怎样发落我?

中国是一个崇拜名人的国度。中国的女性太容易失去自我。

明月如镜,独步中天,灿烂的星群在它的身旁黯然失色。然而月亮虽明,却是由于借助了太阳的光辉。星星光微,却是靠了自己的热能,做一颗能自己发光的小星星多好。

可是,在中国,成了名的男人,似乎都接到过异性崇拜者抛来的红绣球。

汪国真自然也不例外。而且，他是以钟灵水秀的小诗风靡中国大陆的。诗最容易打动少女的情怀，缪斯更容易受到维纳斯的青睐。加上他本身的潇洒，汪国真的异性崇拜者之众可以想见。我曾听到一则传闻：春节期间，有上百名痴情少女辗转找到汪国真的居所，在门口排队等待"召见"。

问及汪国真此事的"真实性"，汪国真莞尔一笑："完全是流言！"

不过，被鲜花和掌声簇拥着的汪国真确实遇到过不少痴情女孩儿的大胆求爱。

那天，他在北京某学院演讲，一张纸条悄然传到他的手上——

"汪老师：能不能问，你结婚了没有？能不能给我一个有盼头的回答？"后面，是一行醒目的英文："I love you."

大陆只有一个汪国真，而汪国真又不是前些时候遍布北京街头的熊猫"盼盼"，可以给每一个爱慕它的人以会心的微笑。

于是，便有了一个个失望……

前不久，汪国真收到了一封极富个性的来信，这封信除了一则名人逸闻就是一句话，但是它们组合到一起所构成的底蕴却可令人玩味再三。

信是这样的——

汪先生：

先向你介绍一则小故事：

辛克莱·刘易斯是第一个获诺贝尔文学奖的美国作家，因此享有极高的声誉。一位年轻妇女给他写信，希望做他的秘书，信中写道："亲爱的刘易斯先生：我愿为你做一切事情。我说的一切事情是指所有的任何事。"

回信相当迅速，其内容是：

亲爱的小姐：

我的丈夫已经有了一名专职速记员。至于您所说的"一切事情"则由我自己负责。我说的一切事情是指所有任何事。

辛克莱·刘易斯夫人

我有一个和故事中的姑娘完全一样的请求，不知道你将如何发落我？

后面是她的通讯地址和名字。

"那么，你是怎么回信的呢？"我饶有兴趣地问。

汪国真笑而不答，他用手正一正鼻梁上的眼镜：

"每一个人都有去爱别人的权利，每一个人也有不接受别人爱的权利，但是无论谁，都没有伤害对方的权利！"

因此，凡是"打"上门来的求爱者，他都待之以礼；凡是写来的求爱信，他都单独放在一处，倍加珍惜。不过有一封信，在成百上千的求爱信中很是叫汪国真踌躇。回还是不回呢？对于求爱信，汪国真一般是寄上一张贺卡表示委婉地拒绝，可这位女大学生的信写得太真切了。读了汪国真的那首《心中的玫瑰》后，她情不自禁，在洁白的信笺上写下了心中的期待。信是以汪国真姓名的第一个拼音字母 W 作为称呼的：

无数次想给你写信又无数次放下笔，每次读你的诗，就觉得你离我很近，仿佛能听到彼此的呼吸；放下诗集后，又觉得你离我很远，仿佛你是天边的一抹晨曦，只看得见却触不到。这种心情，想来你是可以理解的。我一直在彷徨，在苦闷。

前几天，我在另一本杂志上看到了你的新作《请跟我来》：

既然春天
是你淡淡的忧郁
既然秋天
是你绵绵的相思
那么请跟我来
让我们在黄昏里
写下青春的名字

于是，我克制不住内心的激动，在台灯下铺开了信纸。我觉得，你我有着相似的灵魂，对生活有着一样的体悟。

但愿这一切都是上苍的安排！

下面抄录了汪国真的一首诗作《心中的玫瑰》：

为了寻找你
我已经是　伤痕累累
青春的森林真大呀
你的声音　又太轻微

眼睛还燃烧着渴望
心已是很憔悴
真想停下来歇一歇

怎奈岁月如流水

星星在每一个夜晚来临
候鸟在变幻的季节回归
我却不知
该是等待你　还是寻找你

紧接着，是女大学生的一首《答〈心中的玫瑰〉》：

为一份前世的许诺
我已经等待了许多年
青春的森林真的太大
而我却在那
寂然荒野的驿外断桥边
眼睛燃烧着相同的渴望
心一样很疲倦
可知岁月的风沙
正在催黄我青春的叶片

候鸟在变幻的季节回归
星星出现在每个黎明的远天
我却不知什么时候
流浪的你途经身边
至此永远停步不再向前

愿我

能用细腻轻柔的花瓣

抚平你心上的累累伤斑

愿我

能用芬芳晶莹的泪水

洗清你昨天所有的哀怨

生命不枯萎，生活就将与我们同在；

希望不泯灭，期待就将伴我们同行。

"青春的森林真大呀"——不是正好可以让我们去领略、去玩味、去观赏、去漫游吗？咚咚作响的山泉，穿过密叶的阳光，浅吟低唱的虫鸣，带着哲理的蝉声……

也许，这便是汪国真要告诉那位女大学生的？抑或那么多痴情的女孩儿从生活中慢慢体悟出来的？

但愿。

14. 像普通人一样做名人

吃过晚饭，我扭亮桌上的台灯，准备完成一篇刊物的约稿，电话铃响了，我拿起听筒，是汪国真。

"最近在忙些什么？"我随口问。

"咳！中央电视台筹备一台五四晚会，本来请我去参与剧本的策划，后来，他们又希望我参加节目主持人的竞争。这不，一路过关斩将，总算进入了前 8 名！"

"怎么，你去当节目主持？"我有些愕然。

"挺有意思的。"汪国真淡淡一笑。

"可是……"我对着听筒，寻找着合适的词汇来表达我的想法，"你是诗人啊！"

"盛情难却，实在不好意思推辞。"

……

汪国真是一个真诚而且善良的人。不像有些"新星"，稍有些名气便颐指气使起来；成名以后的汪国真一如既往：谦逊而不失风度；热情却不显张狂。也许正因为如此，他才无法抵挡各种各样的社会活动：讲演、座谈、首发式、签字仪式。光这些还好，现在，他已经成了记者们追踪"围剿"的目标，年仅 35 岁，便已有出版社在张罗着给他出传记了。

我曾劝他尽量推掉一些无谓的应酬，作诗需要沉在生活中去感受，如果整天被鲜花和掌声簇拥着，浮在生活的表层，再写出的诗恐怕就会"营养不良"。

我希望看到一个不断生长着的汪国真。

于是，我对着话筒说："小汪，你现在红得发紫了，可要头脑冷静，抵御住各种诱惑。"

他很感慨地说："是啊！金钱、名誉、女人，一个人要想抵御住这些诱惑不容易。不过，我想我能把握住自己！"

中央电视台实况转播了青年节目主持人竞争的实况。

汪国真的表演并不出色，位居第 6 名。尤其是模拟的现场采访，一向反应机敏的他简直有些木讷。

节目播放完，我听到一些人的议论：

"啧，啧，汪国真的表现太令人失望！"

"他是诗人，诗人比电视节目主持人的档次高多了，真不知他怎么想的，放着诗人不当，偏偏要去竞选什么主持人？"

一位记者故作"耸人听闻"状，道：

"这要是在外国，肯定会有许多女孩儿自杀。汪国真，青春偶像！青春偶像就这样儿，失望至极还不死去！"

我也有些失望。甚至在心里埋怨汪国真，因为在这以前，作为朋友我曾劝过他：

"朦胧是一种美，太明晰了，就没神秘感了。没有神秘感，读者就会厌倦！"

那么，现在汪国真是怎么想的呢？和汪国真一番深谈，我仿佛重新认识了他。

汪国真参加电视台节目的主持竞选，并非这次始。1988年中央电视台搞"如意杯"业余节目主持人大赛时，他就曾涉足其间，并进入了前60名。那次，他本是应一家青年刊物之约去采访的，来到报名场地，他想先从一旁静静观察一会儿，负责报名的一位工作人员以为他也是来报名的，便问："报名吗？"

"报名？我恐怕不太合适，我一点舞台经验也没有。"

那个工作人员端详了他两眼："还成！气质不错。再者说，你看来报名的这些人，也并非都是艺术型的。"

于是，汪国真壮着胆子报名了；经过初试、复试，他从1200多名报考者中脱颖而出，竟进入了前60名。而这60人，大多是艺术院校的高才生。在确定前10名时，汪国真被淘汰下来了。因为他毕竟没有舞台经验，一对着镜头，就跟对着枪口的感觉差不多，平时的灵气全没了……

岁月跨过了3个年轮，中央电视台要在7月8日开办青年节目。已经在诗坛崭露头角的汪国真被请来参与策划。

导演为了办好节目，调出了上一次的录像，无意中发现了汪国真，便希望他能参与竞争。

导演自有自己的想法：我国电视节目主持人的整体素质太低，已为国人所瞩目。要提高电视台节目主持人的档次，就应该有更多的专家型人才参与主持。因为，电视台节目主持人是面对亿万观众的，他首先应该具备相当的文化素养，然后成为某一方面的专家，最后通过荧屏实践就能成为一名优秀的主持人。而作为青年节目的主持人，汪国真无论从学识、形象和气质上都有很强的竞争力。但为了坚持"公平竞争"的原则，汪国真如同意参赛，也必须从报名、初试、复试一步一步来。

考虑再三，汪国真答应了。

其间，许多朋友劝过他。汪国真想的却是，一个人成名后，既不要狂妄，也不要谨小慎微地维护自己的形象。他应该还是他自己，经得起成功，也经得起失败。如果一个人惧怕失败，那他就再难以发展了。

像普通人一样做名人——汪国真为自己确定了人生坐标点。

当汪国真出现在竞赛场地后，人们不约而同地把关注的目光投向了这位"缪斯最钟爱的男人"：他依然那么潇洒、那么真诚，只不过，时而皱起的双眉隐约透露出了他内心的忐忑与不安。

人们普遍认为：参赛的选手中，汪国真和李玲玉是精神压力最大的，因为他们是名人，这又是一次计算名次的比赛，汪国真早在几年前就曾采写过李玲玉，这一次，两人同台参赛，汪国真问李玲玉："你紧张吗？"

李玲玉回答："特别紧张，有时连觉都睡不好。"

而舆论普遍认为，汪国真比李玲玉还有理由紧张，因为李玲玉有舞台经验，汪国真却没有。

北京广播学院新闻系的一位副主任是辅导老师兼撰稿，见到汪国真，他趋步上前，握着他的手说："我非常佩服你，你是真正的名人！"因为以汪国真的名气，该时时处处维护自己的形象，他却敢于像一个普通人那样从头干起，没有勇于向自己挑战的精神是不可能的！

北京广播学院副院长王纪言也感叹地说：

"真没有想到，你能够来！"

经初试、复试，汪国真完全凭借本身的实力进入了前8名。

毕竟他是诗人。诗人与主持人完全属于两个不同的领域。决赛时，由于经验不足，他没有像平时那样洒脱、那样机敏，没有像他的诗迷所期望的那样一举夺魁。

但是汪国真说得很自信：开拓一个新的领域，开始往往是不成功的。写诗，我就是从退稿堆里走出来的；竞争主持人，我为什么不能从一般走向最好呢？

成千上万的诗迷也给了他深深的理解：

"你还是我们心中的汪国真！"

"汪国真，你离我们更近了，你还是你。你的价值不会因为你未能在主持人竞争中夺魁而有损一分！"

汪国真的心再一次像一片裸露的沙滩，不时被一阵又一阵爱的热浪漫过，为了自己也为了爱自己的人们，他迈开有力的双脚，义无返顾地向着明天走去。

他刚刚35岁，人生的路还很长，且不会总是春风鸟语、鲜花掌声。尤其对一个背负盛名的人。好在汪国真对这一切已经做好了心理准备——

向上的路

总是坎坷又崎岖

要永远保持最初的浪漫

真是不容易

有人悲哀

有人欣喜

当我们跨越了一座高山

也就跨越了一个真实的自己

1991 年 8 月于北京

[杜卫东，曾任《人民文学》杂志社副社长、《小说选刊》主编、中国作协全委会委员、中国纪实文学研究会副会长。《杜卫东自选集》4 卷由作家出版社出版。另出版有长篇小说《吐火女神》、《江河水》(与人合作)、《山河无恙》，散文集《岁月深处》由美国全球按需出版集团译成英文在全球发行。曾获《人民文学》报告文学奖、北京文学散文奖和全国报纸副刊年度金奖等。另有编剧作品多集，由中央电视台和江苏卫视、北京电视台播出]

三十五载诗意相伴

——与汪国真诗歌同行的心灵之旅

河 山

记得最初与汪国真诗歌的邂逅，是 1989 年的冬天。当时看到是一本旧杂志——1988 年第 10 期《读者文摘》，那一首《热爱生命》作为卷首语，如同磁石一般，瞬间吸引了我年轻而又充满好奇的心。"我不去想是否能够成功，既然选择了远方，便只顾风雨兼程。"这句诗仿佛一道耀眼的闪电，劈开了我心中那片迷茫的阴霾。那时的我，正准备第二次高考，面临着学业的压力与未来的不确定，内心充满了焦虑与彷徨。1989 年我第一次参加高考，遭遇那一年的风波，我备考受到很大影响，导致高考成绩很不理想。由于那时是先填志愿再高考，我当时年轻，心高气傲，填的志愿都是名校，高考成绩又不理想，因此就落榜了。寒窗十年，却名落孙山，看到高中同班同学们很多都高兴地走进了高校，很长一段时间我都振作不起来，复读效果也不佳。而汪国真的这句诗，如同一盏明灯，给予了我勇往直前的勇气和力量。我将这句诗工工整整地抄录在笔记本的扉页上，每当遇到困难痛苦不堪时，便翻开笔记本，默默地诵读几遍，心中便又重新燃起了斗志。1990 年夏天，我第二次参加高考，顺利地考取了郑州大学。收到录取通知书的同时，汪国真第一本诗集《年轻的潮》正式出版了，我购买了一本。这本书伴随着我从四川到河南，又到北京，一直珍藏到现在。

在大学校园里，汪国真的诗歌成了同学们之间口口相传的精神食粮。"没有比脚更长的路，没有比人更高的山。"这句诗激励着我们在学习的道路上勇攀高峰，不惧任何艰难险阻。记得有一次校园的朗诵比赛中，一个女同学深情地朗诵着汪国真的诗歌，那柔和而饱含感情的语调，不仅感染了台下的听众，也让我更加深刻地领悟到了诗歌中蕴含的力量。在那些青涩的岁月里，汪国真的诗歌陪伴着我度过了一个又一个夜晚，见证了我的青春足迹。

随着年龄的增长，步入青春的深处，爱情的种子在心中悄然发芽。汪国真的爱情诗，如同一股涓涓细流，滋润着我那颗懵懂而又敏感的心。"不是不想爱，不是不去爱，怕只怕，爱也是一种伤害。"这句诗道出了多少人在爱情面前的矛盾与纠结。当我第一次陷入暗恋的旋涡时，心中的那份甜蜜与痛苦、期待与害怕，都在这句诗中找到了共鸣。我将自己对爱情的憧憬与困惑，都倾诉在汪国真的爱情诗里。那些写满了诗句的纸条，成了我青春岁月里最珍贵的秘密。我和朋友们会在午后的阳光下，分享彼此对爱情诗的感悟，讨论诗中的爱情观如何影响着我们对现实中感情的理解与追求。汪国真的爱情诗，让我在青春的爱情之路上，学会了珍惜，懂得了放手，更加深刻地体会到了爱情的复杂与美好。

大学毕业后，我到北京工作，加入了建筑央企。面对生活的种种挑战和压力，汪国真的诗歌依然是我心灵的避风港。在忙碌的工作间隙，我会翻开他的诗集，让那些熟悉的诗句如清泉般流淌过心田，洗去身心的疲惫。"倘若才华得不到承认，与其诅咒，不如坚忍。在坚忍中积蓄力量，默默耕耘。"每当在工作中遭遇挫折，得不到认可时，这句诗便会提醒我要保持平和的心态，不要被外界的因素干扰，要专注于自身的成长与提升。1998年，我在深圳中海丽苑项目从事商务工作，该项目是集团内部的工程，时间紧，任务重，费用还特别低。项目生活条件很差，天气非常炎热，时常还有台风的侵袭，工程进行得异常艰苦。汪国真的诗歌如同一位忠实的朋友，始终陪伴在我身边，给予我鼓励与支持，让我在困境中坚守信念，在挫折中勇敢前行。经过那个项目的磨炼，我从项目部选拔到了企业总部，并成长为部门经理，从而为将来进入国家级协会和学会工作奠定了基础。

在人生的旅途中，汪国真的诗歌也见证了我与亲朋好友之间深厚的情谊。当与挚友分别时，"让我怎样感谢你，当我走向你的时候，我原想收获一缕春风，你却给了我整个春天"，这句诗成了我表达感激与不舍之情的最佳代言。在离别之际，赠写有汪国真诗句的卡片，以此来铭记彼此之间珍贵的友谊。而在家庭聚会中，汪国真的诗歌也常常被我提及，那些关于亲情、关于家庭的温暖诗句，让我更加珍惜与家人在一起的时光，懂得了在平凡的生活中去发现和感受爱的力量。

回顾这三十五年与汪国真诗歌相伴的历程，每一个阶段都有着独特的感悟与收获。他的诗歌不仅仅是一种文学作品，更是一种生活态度、一种精神指引。这些诗歌逐渐在我脑海形成音乐旋律，我特别想记录下来，但由于缺乏专业能力，一直没有实现。这两年随着AI技术的发展，我学习AI辅助谱曲的功能，为那些曾经无比喜爱的诗歌谱曲。谱出来的歌曲经一些高校小范围测试，得到不少人的认可。因为诗歌谱曲一事，与汪国真胞妹汪玉华结缘，后来才开始有机会推动汪国真艺术基金会和艺术研究会的成立。

如今，尽管汪国真已经离开我们快十年了，但他的诗歌却永远活在诗迷们的心中。作为汪国真诗歌的忠实追随者，我将继续在这充满诗意的人生道路上坚定地走下去，传承他的诗歌精神，让更多的人感受到汪国真诗歌的魅力与力量。因为，在这三十五载的陪伴中，汪国真的诗歌已经成了我生命中不可或缺的一部分，它将永远伴随着我，走过人生的每一个春夏秋冬，直至永恒。

2024 年 12 月 18 日

（河山，本名何强，1994 年毕业于郑州大学，1994—2008 年在中建一局工作，2008—2022 年先后在中国建筑业协会和中国建筑学会担任分会、专业委员会秘书长，现任北京中建学会科技中心主任）

他轻轻地来了，又轻轻地走了

——我所知道的汪国真

张宝瑞

一个诗歌王朝的背影

2014年12月中旬，我曾打过电话给汪国真。我们一起在20世纪90年代初期办的金蔷薇文化沙龙要在北京鼓楼一个会所举办联谊会，我邀请他参加。他已于2013年年初移师家乡福建厦门鼓浪屿，在一个工作室隐居创作和生活。他在电话里说："宝瑞，我真想沙龙里的朋友，真想参加，可惜去不了，在这期间要在海南参加一个海峡两岸诗歌研讨会。"接着他又兴致勃勃地说："我现在在广东卫视主持《中国大画家》专题，已经主持了13期，台领导反映不错。有的城市电视台也想让我做主持人。另外，我在上海也成立了工作室，山东也成立了汪国真诗歌研究发展中心。"我能想象得到他眉飞色舞的神情和兴高采烈的样子，我真为这个结交20多年的挚友高兴。这时，我不知从哪里来的灵感，忽然冒出来一句话，"最近你身体怎么样？"电话那端，他一时语塞，沉默不语了。

沉默，蕴含着否定，也潜伏着危机。

我和国真相识于1990年，曾经通过电话上百次，从未问及他的身体，这一次不知是哪根神经动了，才会这么问。

两个月后，我从一个沙龙朋友那里得知，汪国真身患肝癌，已经深度昏迷、脱水，正躺在北京302医院重症监护室里。

我们大吃一惊，呆若木鸡。

那个朋友告诉我，在春节之前她就获悉了这一信息，她还以为有人嫉妒汪国真，信口雌黄。

我们决定去探望他，可是得到的答复是：家属和医院有保密协议，不许把国真的情况透露给外界，也不接受其他人探望。

我们心急如焚。

其实，汪国真的病情，16年前便已经初现端倪。

1999年圣诞前夜，金蔷薇文化沙龙在北京安华桥附近的华北大酒店举办圣诞晚会，晚会进行半小时后，国真和他的妹妹汪玉华出现了。国真显得疲惫不堪，穿着一件军大衣。

他是来和大家诀别的，他太思念沙龙的才子佳人、兄弟姐妹了。

当时我们只知道他是从北京某传染病医院过来的，身患疾病，但不知道医院的诊断是什么。

国真和妹妹是中途退场的，我和当时沙龙的副秘书长黄小琴将他们兄妹送到门口，他充满依恋地回头一瞥……

图1　1990年张宝瑞与汪国真在北京皇冠国际饭店

这一瞥，深情依依，令人难忘！

一个月后，国真出院后告诉我，医院宣布误诊。他微微一笑，说："死亡和我擦肩而过。"

2015年2月，新华出版社编辑刘志宏曾经到302医院探望过他。我曾担任过十年的新华出版社副总编辑，几个月前我提议让出版社再出一部汪国真诗集。书稿出来，需要汪国真审阅，于是责任编辑刘志宏来到302医院。汪国真知道自己身患绝症，这部书是自己的遗作，于是特别重视，一是要求在书前附一个介绍，全面介绍自己在诗歌、书画和音乐领域的创作情况。二是对书的内容逐字推敲。汪国真深知刘志宏曾是我的部属，又是沙龙成员，生怕他把自己的病情告诉我或其他人，于是将刘志宏送到医院门口，再三嘱咐，不要告诉任何人。他知道如果告知我，很多人都会来探望，医院会水泄不通。但我想，更深层次的原因是，他是一个浪漫型、青春型的诗人，一生追求清纯美好，他只想把微笑、光明、灿烂留给众人，不愿让人们看到他不幸的一面。

当年4月26日凌晨2时多，我做了一个噩梦，夜色苍茫中，汪国真穿着白色风衣，戴着眼镜，向远方走去。我慌忙叫他："国真！国真……"

他好像没有听见，依然平静地向前走去，渐渐消失在夜色之中……

他走在"回家"的路上。

他走向天堂。

这是一个诗歌王朝的背影。

无独有偶，这个背影，我曾经在2006年也见过。那时我和国真还有画家白伯骅等人骑着骆驼，行进在甘肃敦煌茫茫的沙漠之中，国真骑着骆驼走在最前面，他留给我们的就是这样一个背影。国真对人真挚，非

图 2　2006 年张宝瑞与汪国真在敦煌莫高窟

常善良，却很少对人吐露心迹。我和他虽然结识 20 多年，但一般都是在组织活动之中，由于参加人很多，我又是组织者，得照顾方方面面，所以很少有和他深聊的机会。2006 年的那次旅游是个例外。那是个疏影横斜的秋天，夕阳西下，晚霞染红了天际，一丛丛的骆驼草散发着落日的余晖，天空蔚蓝，只有西边紫霭一片。我们牵着骆驼缓缓而行，我不禁吟起了几句他的诗：

　　我不去想是否能够成功，
　　既然选择了远方，
　　便只顾风雨兼程。

汪国真听后，突然感慨地说："我是单枪匹马拼杀出来的。我没有任何家庭背景，我的父亲是一个普通的处级干部，我跟上层也没有任何关系。但我想，我努力、坚持，就会成功。"我听说他在未成名之前，也经历了一些杂志社、报社的冷眼和退稿。

汪国真说:"我不去想身后会不会袭来寒风冷雨,既然目标是地平线,留给世界的只能是背影。我不去想未来是平坦还是泥泞,只要热爱生命,一切都在意料之中。"

说到生命,我们谈论起沙龙里一个朋友的遭遇,因为感情问题,这个美丽动人的少女曾两次自杀未遂。汪国真说:"生命只有一次,每个人都应该珍惜生命,我们的生命都是父母给的,爱情本来是非常美好的,可是处理不好,到达走火入魔的境地,就容易出现白发人送黑发人的情况。"

还有一个女孩,由于失恋而痛不欲生。国真就像大哥哥一样开导她。他陪女孩到景山公园散心,用自己写的诗歌鼓励她走出阴影。他吟道:"风不能使我惆怅,雨不能使我忧伤,风和雨都不能使我的心变得不明朗。坎坷是一双耐穿的鞋,艰险是一枚闪亮的纪念章。"他请女孩吃饭,终于让她振作了精神,走出了低谷。

还有一个女子,爱上了一个有妇之夫,最后终于绝望。她在屋里贴着那个负心人的大照片,还将照片中的双眼钉上了大铁钉。

汪国真说:"爱情本身是非常美好和美妙的事情,发展不好变成了仇人。女人,是一丛火,弄不好,就要被她烧死。"

我问:"国真,我听说,你曾经有过深刻的初恋?说给我听听。"

他没有回答我,凝重地望着远方,轻轻地吟道:

我不知道

是否　还在爱你

如果爱着

为什么　会有那样一次分离

我不知道

是否　早已不再爱你

如果不爱

为什么　记忆没有随着时光流去

回想你的笑靥

我的心　起伏难平

可恨一切

都已成为过去

只有婆娑的夜晚

一如从前　那样美丽

他的眼里噙着泪花，许久没有说话。

我们骑着骆驼走下了一个山坡，晚霞逐渐褪去了，远山朦朦胧胧，变幻成黛青色。汪国真仿佛从遥远的记忆中回到现实，他说："生活中有丑恶、狭隘、沮丧，有让人沉沦的东西，也有积极乐观的东西。我的诗歌就是为了展现美好人性，阐述心灵。我的诗离政治远了一点，但是离生活很近。"

我问他："我听说当年推荐工农兵学员的时候，你因为家庭历史上的一个原因，没有被选中，你是不是因为这一点远离政治？"

他没有正面回答我提出的这个问题，而是缓缓地说："我歌颂光明，就蕴含着鞭挞黑暗；歌颂美好，就是批判黑暗。我不是批判现实主义的作家，我是抒情诗人。改革开放以后那种解放出来的力量，给我的诗歌造就了空间。1990年前的那些年是我的创作期，也是我痛苦执着的坚持期，很多诗描写的就是我当时的经历和心境。为了自我激励，所以才写下：不站起来，才不会倒下。更何况我们要浪迹天涯。还有：倘若才华得不到承认，与其诅咒，不如坚忍，在坚忍中积蓄力量。人生自古贵坚忍，坚忍是成功的钥匙！当年左丘明双目失明，撰写《春秋》；孔子厄于陈蔡；司马迁忍受阉刑，著出《史记》。"说到这里，他吟诵起唐朝大诗人李白的《行路难》诗句："行路难，行路难，多歧路，今安在？长风破浪会有时，直挂云帆济沧海！"

我问他："你为什么又转向书法呢？"

他说："当时有人批评我，说我只会写诗。那时候年轻，就想证明我也有其他的能力。况且艺术都是相通的，当时为读者签名时，字写得不理想，于是从1993年起，我就开始临摹欧阳询的楷书、王羲之的行书和楷书。我练习书法，有人说我有商业目的，实际上书法和绘画只是我的爱好，它同时能带来经济效益，但我并不是刻意而为。"

我说："有人说，海子死了，汪国真冒出来了。有人说你的诗是心灵鸡汤。"

他笑了笑，说："要允许百家争鸣，鸡汤也是有营养的嘛！'两岸猿声啼不住，轻舟已过万重山。'"

说完，他就骑着骆驼轻快地走远了。

对朋友的侠义心肠

我认识汪国真时，正是他诗歌处于巅峰的时候。那是1992年在北京国际艺苑的一次座谈会上，王立平、韦唯、刘恒等人也在场。不久，我邀请他参加全国文学书画创作班开学典礼，有了进一步的接触。1994年我和汪国真一起访问新加坡，跟他聊得比较多。他斯文儒雅，通常给人以微笑的面孔，衣服也总是叠得整整齐齐。在过中国海关时，一个女工作人员认出了他，与他合影，其他几位工作人员也投来崇拜的目光，他也只是微微一笑。在进入新加坡海关时，工作人员反复看我的护照，第二天，又有一个便衣模样的人总是尾随我，我有点紧张：是不是他们发现了我新华社记者的身份？汪国真对我说："你不要害怕，他们不会把你怎么样。"他带我去看电影，又逛商城。新加坡地方很小，我们从东边一直走到西边，晚上回到宾馆，他笑着对我说："怎么样？尾巴甩掉了吧？"

汪国真显得文弱，但据我观察，他骨子里有侠气，对朋友情感真挚。我的"文革"手抄本小说《一只绣花鞋》在2000年11月出版前，我请他写一篇序言，他欣然答应，两天后便把写好的序言交给出版单位。2013年春节前，我的新作《梅花谍影》出版，在北京西单图书大厦举办首发式，他也应邀准时到场。后来我才知道，当时他父亲都病危了。凡此种种，都令我非常感动。

诗人的烦恼和愤怒

汪国真也有烦恼的时候。

2004年的一天，一个风尘仆仆的中年男人找到汪国真，扬言要跟他打官司。这个急得满头大汗的人气急败坏地告诉他："你的诗集中有许多首诗都是抄袭我的，这是一种严重的剽窃行为！你是诗贼，我要控告你！"汪国真听了，如坠五里雾中。那人从一个沾满汗渍的大包袱里掏出汪国真的诗集《年轻的潮》，一页页打开，上面写满了他勾画的黑圈圈，还有歪歪扭扭的"眉批"。这个气愤填膺的人三番五次找到他大声疾呼。

汪国真又恼又怒，于是请一个朋友与他说理。

那个声称剽窃、据"理"力争的人最后声嘶力竭地说："现在文坛抄袭剽窃成风，唐朝的李白、杜甫也抄我的诗！"

汪国真听了，笑了。

原来那是一个精神病患者。

当然，诗人也有愤怒的时候。

2004年，西南某报记者听到传言，草率地发表了一篇报道，说汪国真穷困潦倒，办火锅店亏损，以卖字为生。这是一篇典型的失实报道，因为汪国真有工资收入和再版诗集稿酬的收入。当时国真请律师打官司，并向我诉苦，我当即写了驳斥文章，数十家报纸采用。官司胜诉，对方在两家报纸上登报道歉，赔偿5万元。

汪国真总算出了一口气。

汪国真在诗史上被定位为"情诗王子"、抒情诗人，他的许多诗歌真挚动人，哲理性强，清新隽永，曾经被许多少男少女谈情说爱时引用。他本人长相儒雅、性情温和，是一些女人日思暮想的偶像。可是他为什么在临近40岁才结婚？后来又为什么离婚？逝世前又为什么独自远行、孑然一身？

据我了解，年轻时汪国真有过深刻的初恋，这是刻骨铭心的恋爱。20世纪90年代，我曾经到过他在西单大木仓的教育部宿舍，也见过他的妻子。她文质娴雅，见到我来，还给我倒了茶。可能诗人都是追求完美的，几年后国真告诉我，他已离婚，一直独身，儿子一直随母亲在河南郑州居住，之后才把户口迁到北京，目前在河南大学上学。我见过他的儿子，国真也一直很惦念着自己的儿子。2002年的一天，我和国真、画家少稀去了河南开封。离开开封时，国真对我说："宝瑞，你和少稀直接回京吧，我想儿子了，我要去郑州。"

汪国真行事低调，是一个很内向的人，他在政治上一点儿也不糊涂。他经常去某省，有一位省领导是他的铁杆粉丝，经常请他吃饭。有人获悉后，想跑官，就请汪国真帮忙引见。那人说，只要把那位领导请出来吃顿饭，可以给他5万元，结果被汪国真断然拒绝。汪国真非常反感这种跑官行为。他说，当官就要当清官，凭真本事做官。

我个人觉得，国真的英年早逝有三个原因：一是他长期肝部不好。他的病早在1999年那次入院时就已埋下伏笔。由于当时缺少医疗知识，没有采取及时有力的治疗措施。二是他劳累过度。我每次给他打电话，他都兴致勃勃地告诉我，某日到某地讲学，某日到某地参加活动，某日到某地参加笔会等。他是天马行空、独往独来，任何机构和单位的邀请，他都尽力参加。我的儿子上中学时就喜欢做主持人，总在家里电脑前练习直播。有一次我请国真到家里帮儿子做直播，他欣然答应前来，儿子则对他进行了一次两个小时的访谈。而他在做广东卫视的《中国大画家》主持人以后，则更为忙碌。试想，要做这种内容的主持人，背后要花费多少心血啊！过于劳累也许使他的身体抵抗力低下，也伤肝。三是他一直独身，长年漂泊在外，身边缺少一个贤内助照料他的起居生活。

文学史上绕不开的汪国真

中国文学史、中国诗史都绕不开汪国真，"汪国真现象"值得研究和探讨。对此，我的理解是时势造英雄。20世纪90年代初期，气氛比较沉闷，汪诗像一股清纯的春溪，飞流直入，淌入校园，淌入中国大地。汪诗的出现是社会的需要，因为他呼唤真挚、真情、真话、真感觉，歌颂真善美。"冰冻三尺非一日之寒"，他也积蓄了多年的诗歌力量，并经历过退稿风波等，但他从不气馁，终于在20世纪90年代初，中国改革开放的关键时期，他的诗歌忽然流行起来，成为一种标志性的文学特征。

汪国真的第一部诗集《年轻的潮》出版于1990年6月，他的"既然选择了远方，便只顾风雨兼程"成为流行颇广的诗句，很多人特别是年轻人在汪诗中找到了自我。汪国真曾在上海南京东路新华书店签名售书，霏霏细雨中，读者排成长蛇队，从楼上一直排到楼下，盛况空前，在短短3个小时内，签售了4000多册，创造了上海市作家签名售书的最高纪录！一时间"汪旋风"席卷中华，大有不会背一两句汪诗便是半个诗盲之势！我知道，诗歌界的某些人对汪诗有异议，这也属正常。有人觉得汪诗"浅白"，但是我认为汪诗是在直白中见功力。有人说："人民喜爱汪诗，评论家抛弃了汪国真。"我认为此言不妥，著名的文学评论家汪兆骞、张颐武等对汪诗都有很大程度的肯定，认为它有积极的时代意义，应当重新审视汪国真，汪国真在文坛上应有一定合理的位置。汪诗创造了"五四运动"以来中国新诗史上发行量的最高纪录，习近平总书记外出访问时也曾两次引用过汪国真的诗句："没有比脚更长的路，没有比人更高的山。"文学固然是人学，愤怒出诗人，任何文学形式、任何诗派都是为主题服务的，汪诗定位为情怀诗，就是这样一种诗歌流派。诚然，百花齐放，百家争鸣，也允许发表不同意见。

国真品格高洁，他无怨无悔，从不说别人半句坏话，只是辛勤耕耘，默默地做着自己该做的事情。人，赤条条来到人世，一生不论换穿多少件衣服，最终都要赤条条离开人世，化为一缕青烟。

国真，你先走一步。

图 3　2004 年张宝瑞与汪国真在北京大学大礼堂演讲

终有一天，我们在天堂，萧竹细柳，把盏品茗，掌上千秋诗史，都付痛快淋漓的笑谈中……

2023 年 3 月 23 日

（张宝瑞，作家、书画家、新华社高级记者，新华社北京分社原总编辑，金蔷薇文化沙龙主席）

兄长，你好吗？

卢 硕

兄长，你好吗？

可能是年龄大了。昨晚，你又走进了我的梦中，你我都如同我们初相识那样的年轻。醒来之后，心情依然久久不能平复。除了已经过世的至亲家人，我最怀念的就是兄长你了。2015年，我在你病床前，最后一次握了你的手，希望能给予你生命的力量，却难敌天命。你终究舍下了你的母亲和妹妹，舍下了我们这些好兄弟，抱憾离世。

如今，你已经离开8年了，8年的时间，足以改变很多事情，淡化很多的情结，却始终抹不去我对你的思念，抹不去我们在一起的点点滴滴。存封于时光胶囊的回忆，如同昨日一般新鲜，你我的相识相知，也成为我人生最美好的回忆。

细算下来，我们已经认识27年了。1996年，人民邮电出版社和台湾的一家企业合作了一部期刊，你应邀担任主编，而我则兼职为这个刊物做业务运营，在日常的磨合与交流中，竟发现我和你这样一个偶像级人物有着相同的价值观、相同的好恶，大有相见恨晚之意。相识相知的感觉，让我们经常在一起喝茶聊天，一起去参加北京、天津、山东、山西、河北等地的大大小小的文艺、文化联谊活动，熟识了徐丽、张暴默、胡月、卢奇、白雪等当时文艺圈、娱乐圈知名的演员，以及许多企业家和地方政要，为我提供了很多学习、进步的机会，我能有今天的一点成就，兄长你真的是功不可没。

与其说你我是知音，不如说是你深深影响了我的未来。当时我不到30岁，血气方刚、争强好胜，奈何当时因为阅历有限，在激烈的竞争中，只能做一些看起来鸡毛蒜皮的小事情，心里总有着怀才不遇、郁郁不得志的悲愤感。你年长我12岁，有阅历，有见地，有心胸，总是在我被现实打击的时候，循循善诱地进行开导和鼓励，解开我人生的各种疑惑。

二十浪荡的年纪，我对整个世界都不服气，难免在工作上跟人发生矛盾。有一次，我都不记得因为什么和同事起了争执，甚至要把编辑部的公章抢回来，你却拦住了我，让我避免了一场冲突和责罚。而对于我内心的一百个不服气，你并没有用大哥的架子来呵斥我，而是给我讲了《留侯论》里的故事，那几句话我至今依然记得："匹夫见辱，拔剑而起，挺身而斗，此不足为勇也。天下有大勇者，卒然临之而不惊，无故加之而不怒。"你帮我打开了人生境界的另一重大门。

到今天为止，我早已过了爱冲动的年纪，开始学着你的成熟稳重，学着宠辱不惊，遇到事情总会想起你的教诲，对于微不足道的小事，我可以一笑而过，而对于关键的事情，更是学会了在隐忍中积淀自己，厚积薄发，以成绩证实自己的实力。如今，我认识的朋友给我最多的评价就是"稳重、大度"，这何尝不是你对我苦心劝导的结果？

你在规劝我性格的同时，却一直在默默支持着我想做的事情。当我舍弃了小有所成的功名，毅然决然地去贫困国家和地区开拓探险时，身边几乎所有人都认为我是异想天开，甚至是"吃饱了撑的"，放着好不容易打拼出来的事业不要，非要到穷山恶水的地方自讨苦吃。唯有兄长你不仅没有劝阻我、嘲笑我，反而鼓励我趁着年轻多出去闯荡历练，甚至像自己的手足一样，亲自陪我去缅甸考察，去云南的西双版纳采风。一路上风餐露宿、前途未卜，说不尽的风尘仆仆，你却没有只言片语的抱怨，反而乐观地鼓励我顺从内心，做自己喜欢的事情。有了兄长你的陪伴和鼓励，我圆满完成了自己的西南边陲之行，积累了前所未有的阅历，更增添了和你同行的美好回忆。重温那一段时光，西双版纳的村寨竹楼、孔雀大象、美丽的傣家姑娘、英俊的男子、雄伟的寺庙……那些发黄的老照片，记录着我们走过的每一处角落，定格了我们相处的每一张笑脸。如今睹物思人，每每都会忍不住热泪盈眶。

木秀于林，风必摧之。你的才华和人品在赢得了赞誉的同时，也遭到了某些人的嫉妒和攻击。随着你的才华逐渐展现，各种别有用心的非议也在朋友之间、网络上传播开来。从你的作品到人品，被诬陷得一无是处，甚至为此还错失过签约、出版、展览的机会。我对此感到特别气愤，在网上和那些小人争执，甚至想为你诉诸法律。但你没有因为这事生气，反而劝我不要为不必要的事情生气。无论因为这些事受到了多少损失，你始终秉持着"吃亏是福"的心态，坦坦荡荡地面对那些无聊的攻击。让我相信了一个人的心胸真的可以海纳百川。

兄长，你的品行一直是我人生的指路明灯，你的陪伴一直是我灵魂温暖的源泉，而你的才华，更是令我折服不已。有一段时间，我们失联了差不多一年，你杳无音信，而我在忙于自己的事业，直到一年多之后，才从共同的朋友那里要到了你新的联系方式。

当我们重聚于我们的老地方——民族饭店咖啡厅时，才得知你这一年的时间一直在住院治疗，我当真吓了一跳，也为自己没有认真关心你感到惭愧。但你却乐呵呵地说："我被误诊了，还以为自己得了绝症呢，好在老天爷没有收我。"别人住院都是躺平养病，你却在这段非常时期继续潜心钻研音乐，出院后更是为数百首唐诗宋词进行了谱曲，朗朗上口的旋律，震撼了当时的音乐圈和文艺圈。即使在特殊的时期，你的才华也不会被埋没，令人好生地敬佩折服。

然而，我在庆幸你逃过一劫的时候，却不知道，老天爷根本没打算放过你。天妒英才这种事最终发生在了你的身上。2015年，当我在异国他乡收到你病危的消息时，第一反应就是不相信。还以为和上次一样，你是被误诊了。但我还是决定马上回国。我已经不记得怎样收拾行李，怎样办手续，只有一个念头：用最快的速度赶回去看你。从收到消息直至见到你的那一刻，我始终觉得这是个巨大的玩笑：我最崇敬的好朋友、兄长，怎么可能突然就这样了。

然而，尽管已经做好了最坏的心理准备，在见到你躺在病床上那一刻时，眼泪依旧不听话地往外涌，喉咙一阵阵发紧。我想安慰你，却什么也说不出来，只感觉自己像个孩子一样伤心。而作为病号，你却用微弱的声音叫着我的名字，抓着我的手稍稍用劲，以示安慰，仿佛我才是病人，需要你的治疗。你照顾我那么多年，这一次就换我来想办法挽留你！于是，我们几个好朋友积极商量着找到所有能够尝试的治疗办法。经一位好友介绍，我飞到云南找到了当地的药材配方带回北京，希望能够出现医学奇迹。甚至路过寺庙时，我这个对天地都不服的人，进去虔诚地拜佛烧香，期待你能够被上天神灵怜悯。

然而奇迹并没有发生，在ICU弥留之际的你，整个人已经瘦到脱了相，意识也变得模糊。医院规定危重病房每天只有30分钟的探视时间，谁都不能自私地霸占其他亲友的时间，我只能握一握你的手希望传送给你更多的力量，然后依依不舍地在病房外通宵守候。2015年4月26日，医生正式通告我们：你已经走了。尽管已经有了心理准备，但我依旧无法接受这个现实，情同手足的好兄长，一起经历过很多事的好朋友，就这么离我而去，而彼时的你还不到59岁，正值壮年，本可以拥有更加辉煌的人生、更加美满的生活，却被病魔无情地带走，舍下了母亲妹妹、亲朋好友，这何其残忍！

  这是我第一次如此近距离地与一个没有血缘关系的人生离死别，第一次强烈意识到我身边可敬可爱的人，此生再也不能相见，这样的悲痛，实在是难以言表。我可能下意识地感到：没有你在的日子，未来谁给我指点迷津，谁来劝我不要意气用事，谁能在我最困难的时候替我解除危机？甚至我以后也不能打着你的旗号去炫耀……总之，我好像倒了一座靠山，没有人能够取代你在我心中的地位，至今依然没有。

  在你的葬礼上，老母亲尽管已经悲痛到无法站立，却依然强打着精神送你最后一程，你最亲密的妹妹忙前忙后地照应着一切事项，我们这一帮朋友只能简单地接应一下。你是国家干部，按制度一切从简，但你不知道的是，前来为你送行的人远比预料的要多得多。你的亲戚、朋友、同事，甚至是文艺圈的名人，都送来了花圈和挽联，挤挤挨挨的灵堂里，全是对你的思念和不舍。担当生前事，何记身后评？你的一生，对家人体贴备至，对事业兢兢业业，对朋友义薄云天，我们如何不怀念你，怀念那段过去的时光？

  兄长，我和你认识了27年，却有三分之一的时间全部都是想念和追忆。花开花落，花落花开，少年子弟江湖老，红粉佳人两鬓斑。转眼间8年过去了，未知你在天堂可好？我常年旅居泰国，特别是三年疫情，几乎没有回国，无法经常去看你，也无法照应到老母亲，实在惭愧。不过视频中看上去，老母亲精神很好，我也聊以安慰。作为你的小跟班、小兄弟，我已经过了知天命的年纪，褪去了年轻时的莽撞和青涩。常年在泰国居住，遇到不顺心的事情，总是会想起你的教诲和叮嘱，想起你讲过的故事。面对种种的际遇，第一时间想到的就是如果是兄长你在，你会怎么处理，然后三思而后行，少走了很多的弯路。兄长啊，你这是为我留下了一笔无可比拟的财富！

你走后的这些年，我们所从事的行业、我们的生活发生了翻天覆地的变化。智能手机升级了一代又一代，电子媒体逐渐取代了纸质的报纸期刊，网上购物、直播带货火爆，随之而来的，是更加浮躁的人心，每个人都在求新、求快、求赚钱。看着当初牙牙学语的00后，长成了社会的栋梁，我越发感觉自己有些老了，总是回忆起当时我们在一起讨论期刊内容、发行，讨论互联网对未来的影响，讨论国家未来的发展。如今社会的发展比我们当初想象的更先进、更新潮，我们的国家也更加强盛。每每念及于此，总是会想到，如果兄长你还在，该有多好，我们可以一起去天安门广场看国庆大阅兵，一起去看2022年的北京冬奥会，或者和年轻人一样，尝试着拍小视频，写公众号，开直播，你还和之前一样带着我，引导我，时光也许会充实很多。

在你走后的这些年，我一直在泰国创业，泰国湿热的气候、大片大片的雨林、庄严的佛寺、穿着长筒裙的姑娘，还有盛大的泼水节，像极了我们那些年去过的缅甸、西双版纳，总是在不经意间勾起无数的回忆。我看见无数的游客涌进曼谷、普吉岛，端着单反、手机各种拍照，一如当年的我们。那一沓厚厚的照片里，见证了我们叛逆的旅行，记录着被蚊子咬了一身的红肿却全然不顾，那份激情和冲动，是千金难买的青春岁月。如今，我在这里可以用更高级的相机、手机，拍摄更加清晰的照片，只是那个陪我一起的兄长，却再也回不来了。看着照片上孤单单的自己，难免悲从中来，但想到能够替你再次感受青春的往昔，也未尝不是一种精神上的弥补。

兄长啊，人死之后，不知这一缕魂魄会飘往何处？是变作天边的星星守护着故人，还是化作山川大地滋养万物，抑或进入轮回，再世为人？前几年有部大火的外国电影《寻梦环游记》，说人的第一次死亡是生理性的离开，第二次死亡是被所有的人遗忘。只要有人记着你，时时探望你，那你的灵魂就永远留在另一个世界，微笑看着亲人安然度日，看着朋友四方飘零。如果真的是这样，那我希望你在另一个世界也一定要过得安然自在、无病无灾，我们将永远记住你的音容笑貌，记住你一生的起起伏伏，带着这一份想念直到生命的尽头！

时至今日，思念兄长之情难以抑制，故作此文，以寄哀思，呜呼尚飨！

2023 年 4 月 24 日于泰国

[卢硕，中国科学院研究生院网络经济 MBA。曾任中国市场学会互联网工作委员会秘书长、中国国际贸易发展网总裁。主持编撰并合作出版多部国际贸易著作，如《中国商品如何出口美国》《中国产品出口欧洲的八个锦囊妙计》《中国出口商品大全》（中国国际贸易促进委员会）。2007 年开始致力于中国与东盟国家的经贸合作，2011 年创立缅甸掸邦东部第四特区伯仲橡胶有限公司，2014 年创建云丰橡胶（泰国）有限公司]

"生命是自己的画板，为什么要依赖别人着色"

——记我和汪国真诗歌的28年

王艳锋

我和汪国真诗歌的故事应该从我的原生家庭和童年说起。我出生在豫北平原一个平凡小村，村子处在黄淮海泛滥区的黄河故道上。在过去的一百五十多年里，我的故乡经历了许多苦难，其中最典型的就是冯小刚在电影《一九四二》里所描绘的那些灾荒。所以在这片土地上活下来的人，特别信奉一套苦难的宿命论：人生而苦难且无法改变。我的父母就是这套宿命论的忠实信奉者。所以他们早已给我规划好了人生轨迹：打草、喂猪、种地……盖房、娶妻、生子，然后再来一轮循环，仅此而已。而至于上学读书，那是将来娶妻生子的附加条件：读书是为了不至于在和同龄人的竞争中有明显的"短板"。而至于靠读书改变命运，在我父母的概念里我们王家的祖坟上根本就没长"那根草"。

于是在这样的教育观念下，我的成绩也是毫无悬念地差：小学多次留级，多次考0分的"光荣经历"，是多家父母教育孩子的反面典型（当然后来有反转）。在父母看来，如果我能够不"惹是生非"地把初中读完就已经谢天谢地了。可是偏偏初中我染上一个"恶习"——打电子游戏。这种新生事物对我来说简直有着极大的诱惑：我可以控制几个"电子小人"去相互搏击，这真的是无比有趣！于是我开始疯狂筹集去游戏厅的经费，偷家里的钱已经是一种"常规"操作。后来父母为了防我这个"家贼"竟然把钱放得无比隐秘，"偷"不到现金的情况下我竟然偷偷地用自行车驮着家里的粮食出去卖,换的钱又继续挥霍于游戏厅。得知此事的父亲大发雷霆,把我吊在房梁上狠狠地打了一顿,并找到班主任商量让我退学的事。

  人生的精彩在于无数的巧合,最终铸就了一个你自己都不敢想的结果。那段时间国家正在大力普及九年义务教育,班主任的意思是让我至少等到"普九检查"过后再考虑退学的事。于是父亲只能继续让我待在学校里等待退学。也许因为读书的时间所剩不多,所以我更加疯狂地流连于电子游戏的世界。一天晚上,我在游戏厅内消费完所有的游戏币之后时间已经很晚。当天晚上游戏厅老板在厨房蒸了很多肉包,由于我是"熟客"所以离开时他特地塞给我两个,本来打算回到宿舍后躲在被窝里偷偷地吃。但是走到操场我又临时改了主意,因为肉包太香了,回到寝室吃万一哪个同学醒了,我给他不是,不给也不是。于是我决定在操场上吃完再回寝室。操场尽头是学校的升旗台,升旗台的旁边是黑板报。我走到升旗台从怀里拿出肉包开始惬意地享用起来。也许是那晚的月光足够皎洁,也许是诗歌文体的排版特殊,我在黑板报的副刊栏清晰地看到了那首名为《许诺》的诗歌:

    不要太相信许诺
    许诺是时间结出的松果
    松果尽管美妙
    谁能保证不会被季节打落

    机会,凭自己争取
    命运,靠自己把握

生命是自己的画板

为什么要依赖别人着色

当时我啃着包子反复地吟诵这首诗,一瞬间只觉得这首诗写得真好。吃完包子仍然觉得不过瘾,又走近黑板报反复念诵了几遍,直到记在心里才偷偷地溜回寝室睡觉。由于我生活的小镇闭塞,当时我并不知道汪国真是谁,就像大多数我们学过的课文一样,作者的名字只是课文组成的某一部分。当时我只是觉得这首诗写得特别好,让我懵懵懂懂中有一种说不清的"自我审视"。

有人说男孩普遍开窍偏晚,而且形式各不相同。我不知道别人的开窍是怎样来的,而我的"开窍"生涯,正是始于汪国真这首名为《许诺》的短诗。自此以后我开始"疯狂"地搜集有关汪国真的作品,虽然并不知道汪国真是谁,但是他的作品却在悄悄地改变我的人生。慢慢地我像换了一个人似的,开始关心起自己的学习成绩和考试名次。每次考试的分数虽未能名列前茅,但是也在班里步入了优等学生之列。第一年中考,我考上了当地一所知名的中专,家里人自然十分开心,因为那个年代能出一名"中专生",对很多农村家庭来说也是非常"光耀门楣"的事。

那个暑期,我开心地等待着中专开学。某天我到一位家住县城的同学家玩,在这位同学家里我第一次看到了传说中的电脑。他指着家里的奔腾586电脑问我想搜什么,输入关键词什么信息都可以获得。我说那你帮我搜一下"汪国真"吧。在漫长的加载后,终于出现很多关于汪国真的信息。大部分是关于他的作品,但是有一篇汪国真老师的专访却令我至今印象深刻。大致内容写的是汪老师如何从一名机床铣工努力奋斗考上大学的故事，其中还特别强调了他如何在工作之余挤出点滴时间复习的故事，而我当时考上的中专的专业正是数控机床。

看完这篇专访之后，我突然做出一个自己都无法理解的决定：我要去复读考高中，然后考大学！这个决定在外人看来是多少有些头脑发热的，因为当时我们整个乡里的大学生都寥寥无几，考上大学对我们来说真是概率太低了。当时我的想法也很简单，既然我很想上大学，与其将来当了工人之后再挤时间来复习，不如直接努力考高中，将来在高中里努力学习考大学。面对我要去复读的决定，家里自然是极力反对的。其中说服父母的难度和冲突自然不必多言，最终的结果是父母妥协尊重了我的决定。也是在那个夏天，我拥有了第一本汪国真老师的书：《汪国真诗文集》。那是我的一位非常要好的初中同学送的，他知道我那段时间由于跟家里人起冲突情绪十分低落，所以他特地冒着酷暑的天气跑了很多书店帮我买到了那本汪国真作品的合集。

现在想来真的十分感谢这位好友，那本《汪国真诗文集》确实在我人生最灰暗的岁月给了我莫大的鼓励和帮助。尤其是其中一首名为《山高路远》的诗歌，更是让我的精神重新振作，选择全力以赴地开启了复读生活。这首《山高路远》我至今仍能背诵：

  呼喊是爆发的沉默
  沉默是无声的召唤
  不论激越
  还是宁静
  我祈求
  只要不是平淡

如果远方呼喊我

　　我就走向远方

　　如果大山召唤我

　　我就走向大山

　　双脚磨破

　　干脆再让夕阳涂抹小路

　　双手划烂

　　索性就让荆棘变成杜鹃

　　没有比脚更长的路

　　没有比人更高的山

"没有比脚更长的路，没有比人更高的山"，这句话在很多年以后都是我用以自我激励的人生格言。同样这本《汪国真诗文集》也帮我度过了压抑的高中生活，其中有学习和生活的痛苦，有初次落榜的压抑和迷惘，可以说是汪国真众多的经典作品伴我度过了压抑而忙碌的高中生活。在此期间我也开始发表属于自己的诗歌作品，作品虽然稚嫩但是由于对汪国真诗作风格的深刻模仿，也让我在一些青少年杂志上屡屡中标，赚取了不少稿费，补充了学习生活之用。这段经历同时也极大地锻炼了我的文笔，高考优异的语文成绩也帮我顺利考取了心仪的高校。

　　2008年，我考上了中国传媒大学的研究生。我知道汪国真老师就在中国艺术研究院工作。当时我还干了一件有点"傻"的事情：我就跑到汪国真老师工作的中国艺术研究院想去拜访。但是对门卫说明来意后，门卫大叔表示没有预约不能放我进去。我央求很久，门卫大叔仍然不为所动，于是我选择在大门口蹲守，时刻留心每个进出大门的人中有没有汪老师，但是连续蹲守了6个小时依然没有看到。后来直到门卫大叔换班，他看我还在，就上来劝我："小伙子，回去吧，别等了。你等上又能怎么样呢？你又没有什么像样的成绩可以呈现，对汪国真来说你这种拜访就是骚扰，你回去好好学习，等有出息了再向他汇报也不迟。"

门卫大叔的话虽然朴实，但却非常有道理。回学校后我开始把更多的精力投入学习和创作之中。长久的努力和正确的目标，让我最终找对了属于自己的人生轨道。研究生毕业后，我进入浙江卫视成了一名导演，在电视发展的浪潮中参与了《中国梦想秀》《奔跑吧兄弟》《演员的诞生》等一系列有影响力节目的制作。工作之余却始终没有放弃自己对诗歌的爱好，无论所谓的诗歌风潮怎样变幻喧嚣，我始终沿着汪国真设定的诗风一路前行。因为我始终坚信：能被人记住的诗歌才有生命力，如果不是，哪怕评论家把它们吹成一朵花，也终会淹没在时间的长河里。

九年前汪国真老师的离去，对很多人来说也许是深深的遗憾，但对我而言则是满满的震撼。正如你人生航程中注视了很久的灯塔突然熄灭，那种起于茫然终于怅然的震撼真的让人难以言表。人的一生也许在遇到很多启发和挫折后才能真正成长，它们有的以细水长流、潜移默化的形式进行，有的则以醍醐灌顶、振聋发聩的方式进行，而我和汪国真诗歌的故事则是始于醍醐灌顶的振聋发聩，终于潜移默化的细水长流。于是在汪老师仙逝的九年后，我拿着这本在汪国真诗作影响下创作而成的诗集《候鸟逐巢》向汪老师汇报：您的诗文，曾经在不经意间改变了一个乡村男孩的命运。现在他也正在沿着您开创的道路大步前行！感谢您，中国的诗神——永远的大师汪国真！

2024 年 6 月 2 日

（王艳锋，中共党员，电视制作人、作家、诗人。研究生毕业于中国传媒大学，曾任浙江卫视首席编剧，历任《中国梦想秀》《奔跑吧兄弟》《演员的诞生》《野生厨房》《冬梦之约》等节目主创人员，出版有个人学术专著《综艺编剧怎样讲故事》，诗歌创作深受汪国真影响，著有个人诗集《候鸟逐巢》）

汪洋人海君何在　知音缘艺思国真

袁　艺

那是1997年的夏天，我受邀参加了一场联谊会，会上邀请了很多文化名人，我惊喜地发现，我一直非常喜爱的诗人汪国真老师也来了。汪国真老师的诗歌总是充满热情和哲理，曾无数次感动和鼓舞了我。这次竟然能够亲眼见到汪国真老师，我非常激动。那天现场气氛和谐活跃，汪国真老师也许是受到了气氛的感染，兴致勃勃地朗诵了自己新创作的诗作，我作为中国武警文工团的独唱演员也即兴演唱了一首歌《我爱你中国》。

随即回到座位，我身边坐着小说《一只绣花鞋》的作者张宝瑞老师，过了一会儿，汪老师走过来和他聊天，我内心澎湃，忍不住被他们的话题吸引过去，汪老师就微笑着问我："你读过我的诗吗？"我有点紧张地点头答道："我一直很崇拜您，您刚才朗诵的那首诗也很美。"

汪老师听后哈哈大笑："你刚才唱得也很美。"

看到汪老师热情随和，我不再那么紧张，随即说出我的想法："我一直研读您的诗歌，您的诗词优美流畅，情感真挚，我觉得完全可以谱成曲的，演唱出来的效果一定非同凡响。"

汪老师听后很认真地说道："好！我还真认识一个作曲家，那我就试试！"

我以为汪国真老师只是随口说说，没想到过了几个月，我忽然接到汪老师的电话说曲子已经谱好了，并邀请我去作曲家刘天礼老师家里试唱一下。

之前我以为诗人都是性情中人,来得快去得也快,凡事不会认真,没想到汪国真老师不同。

到了刘老师家里,我看着乐谱,很快就哼唱了出来,那首歌的歌名用的就是词牌名,叫《鹧鸪天》:

> 月光如水亦如情
> 情似花影衬月明
> 神扬都为心中客
> 归去更思梦里朋
> 喜新雨不忧晴
> 有君同在重亦轻
> 啊……
> 只恨彩霞留不住
> 怨过南风怨北风

我唱罢还在歌曲的情绪中,汪老师的掌声将我拉回现实,他第一次听到自己的诗被歌唱出来,有点兴奋,当然也有点疑惑,感觉有点太单调了。

刘老师说:"这只是清唱,要想达到真正的艺术效果,必须请专业制作人来编曲,搭配上合适的乐器演奏,最重要的是请一位好歌手来进行二度创作演唱出来,进录音棚录制,调校制成母带。当然,这是一笔不小的投资。"

汪老师感觉有点为难道:"没想到完成一首歌曲还挺不容易的。"

我非常欣赏汪老师这种跨界探索艺术风格的精神，马上建议道："我最近正在录制一张我的个人演唱专辑，名字叫《美丽的西兰卡普》，投资已经落实好了，由中国唱片总公司出版，中国武警文工团、香港富邦国际投资有限公司联合制作，可以将你们的这首作品加进来，你们愿意吗？"

汪老师和刘老师都愉快地答应下来。

过了几个月，我带着由我演唱、录制完成的《鹧鸪天》小样再次来到刘天礼老师家里，汪老师细细听了几遍，惊叹道："原来我的诗词演唱出来完全是不同的一番境界啊！好！很好！"

刘老师也说："袁艺，你唱得真好，声音透亮圆润，情感表达收放自如，把这首歌演绎得非常到位……"

后来由我演唱的《鹧鸪天》这首歌，在中央电视台音乐频道滚动播出，反响非常好……

汪老师非常高兴，约我喝茶致谢，还赠送了我一套他的签名诗集和一张他的书法作品的纪念邮票。至此我才知道，汪国真老师不但是一位才华横溢的诗人，同时也是优秀的书法家。

我非常开心，便问道："您有新作打算吗？"

汪老师沉吟片刻，试探性询问："我想自己尝试来谱曲可以吗？"

我有点惊讶地感叹道："这个跨度真有点大，有点难啊，需要系统学习乐理基础知识、作曲法、钢琴基础演奏等音乐知识，这可是音乐学院五年本科学历的课程呢！"

汪老师坚定地回答："我知道，我就是想学！我还只能偷偷地学，你能教我吗？"

看着他真诚、渴望的眼神，我知道我无法拒绝，我说："那好吧，我也只能把五线谱的音乐基础知识翻译成简谱来教您,这样更容易掌握,但这只能算是一种音乐启蒙,之后要创作,您还要继续深造,但我相信,以您的文学功底和强烈的创作冲动,未来一定能作出好的作品出来的,就像您的诗歌一样。"

汪老师开心地笑了:"小姑娘还真会说话啊。那我这就算拜师了啊。"

从那以后,我们陆陆续续上了十几堂课,因我当时还兼任央视《音乐桥》栏目的记者和外景主持人,为了照顾我的时间,主要授课地点就选在了梅地亚宾馆的咖啡厅。

再往后,我跟随丈夫去了深圳、香港,那时候也不像现在联系方便,渐渐地与汪老师联系少了。

直到有一天,汪老师的好朋友杨彩云女士告诉我:汪老师走了,去了天堂……

直到今天,我依然无法理解我当时的表现,我就像没听见一样,开始了别的话题,更为令我惊讶的是,我的大脑自动屏蔽了这件事,直到有一天,杨彩云女士邀请我参加汪老师的追思会,现场不断播放着当年我们合作的那首《鹧鸪天》,我才突然明白汪国真老师已经离世这件事,胸口像被重击了一样,无法呼吸,泪如泉涌……后来我和心理学医生朋友聊到此事,她说有的人在面对特别难以接受的事情的时候,大脑会选择性失忆……

我多么希望我就这样失忆下去,像汪国真老师这样,用自己的才华和真诚鼓励着一代又一代的杰出人才,老天怎么会让他59岁就离开了我们?中间的不舍难于言表。而我,到那一刻才发现,我和汪国真老师因一首歌结缘,似乎很平常地完成了一部作品,没有大起大落、大开大合,就如同水到渠成的小溪,自然、欢快地一气呵成,而今天,再次回想起来，当年那些浅浅的美好，竟然形成巨大的温暖。就像他的诗歌，短短的、不造作、不矫情、一如他本真，儒雅、温和。暖暖地微笑，轻轻地鼓励，默默地怀念，静静地等待……就这样拥抱着在滚滚红尘中奋进的少年，就这样与青春做伴，安慰着我们受伤的灵魂。尤其在这个诗歌与我们渐行渐远的时代，我们还是喜欢读他的诗文，深深地感受着他的缱绻诗心和炽热诗情，已经成为生活给我们的丰盛馈赠。

不要轻易去爱
更不要轻易去恨
让自己活得轻松些
让青春多留下些潇洒的印痕

你是快乐的
因为你很单纯
你是迷人的
因为你有一颗宽容的心

谢谢汪老师，谢谢您，因为您的诗歌，我依然微笑着，走向生活。

2023 年 4 月 20 日

[袁艺，声乐艺术家、声乐教育家。毕业于中国音乐学院美声歌剧专业，中国武警总政治部文工团原美声独唱演员。担任"MRS GLOBLE 环球夫人大赛"中国区首席艺术导师，北京赛区、天津赛区、重庆赛区、全国总决赛评委，全球总决赛评委；联合国教科文民间艺术国际组织（IOV）会员；参加"联合国第七届全球首脑经济论坛""中国之夜"演出，荣获"和谐之星奖"和"和谐大使"称号，以及联合国妇女署颁发的"促进性别平等与女性经济赋权贡献奖"]

亦师亦友如兄长

——忆汪国真先生

胡建华

汪国真是一位备受敬仰和喜爱的校园诗人,他不仅在文学上有杰出的成就,而且在书法、绘画方面也同样有着出色的才华。

回忆起20世纪80年代,我们会发现这是一个充满热情和创意的年代。作为那个时代最具代表性的诗人之一,汪国真以他优美的语言和深刻的思想感动了整整一代人。他的文字流畅自如,富有韵律感,可以让读者把自己完全沉浸在诗歌的世界中。

除此之外,汪国真还在书法、绘画方面取得了非常显著的成就。他的书法气势恢宏,笔画结构清晰,极富美感;而他的绘画则充满了浓郁的艺术风格,生动地表现出了他对于生活和自然的独特感受。他的这些作品所传达的思想和情感依然是非常珍贵的。他留下的精神财富将永远激励着我们前行,不断探索和追求自己的内心和灵魂深处。让我们深爱并铭记这位伟大的校园诗人,愿他的灵魂得到永恒的安宁和慰藉。

一、初识汪国真

20世纪80年代,改革开放初期,在校园里风靡着诗歌、散文和歌曲,我记得主要人物有汪国真、席慕蓉、海子、北岛等。人物有许多,但是,让我印象最深的还是汪国真。

汪国真的诗句："既然选择了远方，便只顾风雨兼程"(《热爱生命》)，"没有比脚更长的路，没有比人更高的山"(《山高路远》)，直到现在，这两句诗句依然鼓舞和激励着我。

二、相识汪国真

我和汪国真相识，是经汪国真的胞妹汪玉华引荐的。我和汪玉华是因工作和业务认识的，后来我们成为很好的朋友。

在1999年10月中华人民共和国成立五十周年即将到来之际，当时我们公司决定制作一本庆祝中华人民共和国成立五十周年的纪念册，纪念册里有文字、有图片等，我把这个想法告诉了汪玉华，没想到汪玉华告诉我，她哥汪国真的书法和绘画都有一定的造诣，让我去看看。我请汪玉华给约个时间，我登门去拜访汪国真。

1999年年初，我来北京出差，汪玉华与胞兄汪国真一起来前门饭店看我，那是我们第一次接触，汪国真给我的第一印象是儒雅、平易近人。他简述了从1993年开始研习书法的经过，并将他的几本诗歌、书法合集版的图书拿给我看。在欣赏了汪国真的书法和绘画后，我当即决定聘请汪国真为纪念册题写封面和创作内页诗文。汪国真欣然接受了邀请，并在很短的时间内完成了四首诗词的创作，并作封面题字"祖国万岁"。

我们设计的这套邮币纪念册的主题内容有四大部分，首先是新中国成立五十周年大庆，第二是庆祝香港回归两周年，第三是喜迎澳门回归，第四就是跨世纪庆典，都是我们国家值得纪念的大事。为此，汪国真先生怀着极大的热情专门创作了四首诗词，并以书法的形式呈现出来，使得这次的产品具有与众不同的鲜明特色。

在此就让我们共同回忆并铭记这一历程吧。

（一）新中国成立五十周年大庆

汪国真创作的诗词是《踏莎行·锦绣山河》：

锦绣山河，辉煌历史，流长源远雄峰峙。云龙风虎新篇章，壮丽豪迈旧故事。

意气风发，昂扬斗志，大鹏奋起展双翅。长江奔腾向海洋，波涛万顷映红日。

（二）庆祝香港回归两周年

汪国真创作的诗词是《南歌子》：

百年沧桑后，欣然看紫荆。花红柳绿喜相逢，共祝祖国昌盛，庆升平。

（三）喜迎澳门回归

汪国真创作的诗词是《江城子》：

喜迎游子今回归，举起杯，泪花飞。一向可好，分别久相违。何妨把酒拼一醉，团圆了，月增辉。

（四）跨世纪庆典

汪国真创作的诗词是《清平乐》：

普天同庆，四海齐憧憬。今朝团圆世纪梦，明日更入佳境。

光阴又将百年，莫负大好河山。写我山川万里，处处草绿花妍。

汪国真用他创作的诗词、书法彰显着日益强大的祖国。汪国真的书法气势恢宏，笔画结构清晰，既大气磅礴又极富美感，具有伟人的气概。纪念册一经出版，受到了大众的喜爱和好评，大家争相收藏。我圆满完成了纪念册的出版任务。

三、熟识汪国真

纪念册如期出版后，随着见面和交流的次数增多，我和汪国真也成了好朋友。他待我如师如友更如兄长，只要见面，可以无话不说。他谈文学、讲书法、说绘画，从这些话题中，引经据典，畅谈古今，让我受益匪浅。从汪国真的谈吐中，让我真正认识到他是一位儒雅的学长，博览古今，纵论世界；语气优雅，神情俊逸。

2000年春节过后，我到北京出差，从玉华那里得知国真大病一场，医院曾下了病危通知，他从死神那里赢回生命，刚出院不久在家里休假。我闻讯感到震惊，急忙去位于教育部大院的家里看望他，在家里我见到了国真的母亲，又急忙去安慰老人家。

没过多久，国真恢复健康后又像往常一样开始忙碌起来。

2002年，国真应香格里拉酒店集团之邀，为该集团公司与中国华夏酿酒有限公司联合推出的供私人珍藏的香格里拉珍藏版长城红酒专属标贴创作了诗词书法作品。记得2003年年初，国真受邀来到上海参加活动，我去浦东香格里拉酒店看望他，他当时的心情很好，我们站在房间的大窗前,遥望外滩夜景,聊着活动的情况,商谈着未来合作的方向……国真赠送这具有特殊纪念意义的红酒给我,也使我第一时间欣赏了这精致标贴上国真创作的诗词书法。

我真为国真感到高兴,身体恢复得那么好,事业又在不断精进,令人敬佩。

从汪国真的书法中,让我真切感受到他是一位潇洒的大师,蘸墨挥毫,挥洒自如,意味隽永,赏心悦目。从汪国真的绘画中,让我真正体会到他是一位老到的大家,浓墨淡笔,栩栩如生;动中藏静,跃然纸上。

无论是诗歌,还是书画作品,汪国真的创作给人们的生活带来了美好的享受。

今天,我们纪念和缅怀汪国真先生,不仅仅是为了他的诗歌、书法和绘画,更主要的是学习他的这些文学作品中所体现出来的进取精神和勇气。而这恰恰是激励和鼓舞一代又一代年轻人,怀着初心和梦想,向着更高的山、朝着更远的路,一直向前的精神力量。

永远怀念我的好兄长汪国真。

2023 年 5 月 25 日于上海

[胡建华,中共党员,曾就职于上海印钞有限公司,任融利(上海)实业有限公司总经理]

我与汪国真

宁 健

2023年清明前夜,和朋友们小聚,说起儿子央美专考复试通过,推杯换盏间多饮几杯,许是兴奋,难以入眠,脑海中突然显现国真老师那张和蔼的笑脸。

"你的身影是帆,我的目光是河流。"刹那间,眼泪夺眶而出,悲痛与思念涌上心头。转眼间,国真老师离开我们已有八年。忆往事,历历在目,有样学样,也赋诗一首以寄托哀思。

又是一年清明时 / 彻夜难眠 / 脑海中 总闪过那张笑脸 / 您虽走得匆忙 / 往事 / 仿如昨天 // 黄河千岛湖 青青云台山 / 歌声犹在 / 老君山 飞来石 / 墨迹未干 / 汪老可好?! / 笑语 还停留在山间 // 山高路远 / 陪我 重走丝路 / 我喜欢出发 / 恰是少年 行读壮丽河山 / 热爱生命 / 您在我心间(2023年清明悼汪国真老师)。

夜半追思,往事如昨。诗写得只有自己懂,但表达一个心意。

随手翻起国真老师胞妹汪玉华寄来的《风雨兼程:汪国真诗文全集》,再次阅读那首最爱的《山高路远》,读这首诗,让我想起当年带队重走丝路的艰辛,"没有比脚更长的路,没有比人更高的山",路就是蹚出来的,什么困难,都是浮云。现如今,我从事研学旅行实践服务工作,那篇《我喜欢出发》,不就是"读万卷书,行万里路"最好的诠释吗?

我和国真老师是在一次偶遇中相识。那是1999年的春季，我还在一家杂志社工作，负责豫西地区的稿件采写。在嵩县采访期间，我和汪国真同住在陆浑宾馆，午饭通往餐厅的过道上，眼前出现一个熟悉的面孔，这不是我最崇拜的汪国真吗？仅是见过图书上的照片，疑惑中随口一问："您是汪国真老师吗？"接腔的是和国真老师同行的画家张继山老师，"你眼够毒，是警察吗？擦肩儿就能认出汪老师来。"口音难改南阳腔，张继山的一句戏言排除了我的疑惑。一阵惊喜后，和国真、继山老师互留电话，自此和汪国真相识相知，亦师亦友，相伴多年。

作为名人，特别是红遍大江南北的著名诗人，起初我认为国真老师会很难接近，有此一面之缘，已经很是荣幸了，哪有其他非分之想。其实，接触过的朋友都知道，国真老师非常平易近人。有一天，我突然接到国真老师一个电话，他说给洛阳友谊宾馆创作并题写了一首词，宾馆方面已经把这首词镶嵌在大堂的墙壁上，不知道做出来的效果如何，想请我帮忙拍张照片给他寄过去。这次通话，结下我和国真老师的不解之缘。我带上相机来到友谊宾馆，看到国真老师手书的《摊破浣溪沙·洛阳行》，被制作成黄铜字安装在大堂的墙壁上，笔法流畅，形似毛体，我一时也认不得全文，就拍了一组照片寄往北京。数日后，国真老师来电告知他在西安一所高校有个讲座，时间充裕，如我在洛阳，就顺道见上一面。我自然欣喜，专程从郑州赶回洛阳等他。国真老师见我先是表达了谢意，认为我这人"靠谱"，是个可交的朋友。举手之劳，却被国真老师当作检验人品之举。他的鼓励，成为我此后与人处世的原则。

我和国真老师第二次见面，时间虽短，却给了我了解他近况的机会。能不能请国真老师也给洛阳高校学生做次报告？我这个爱琢磨的毛病来了，念头在脑海一闪而过，却成为我给国真老师当助手的开端。陪汪国真老师在洛阳师范学院举行的首次报告会，超出了我的想象，学校报告厅外的窗下，站满了学生，活动刚结束，面对递上来的是短时难以签完的图书、课本、太阳帽……我明白了助手还要有"护卫"的基本功。

在随后的两年，我陪国真老师先后为栾川鸡冠洞、老君山、重渡沟，嵩县白云山、天池山，宜阳花果山，洛宁神灵寨，新安县龙潭大峡谷、黄河千岛湖（景区后改名为新安万山湖），郑州雪花洞，焦作云台山、青天河等景区，创作了一批诗歌、书法和音乐作品。汪国真的确是位高产作家，这点毋庸置疑，我是有发言权的亲历者之一。当年受宜阳县政府邀请，到宜阳花果山采风，国真老师在返程下山途中，"名山皆有仙，怎比花果山，一声孙大圣，彩霞飞满天"的诗句便脱口而出。如今，这首汪国真手书作品被镌刻在花果山水帘洞往上百米路旁的石壁上。2001年初春，我老家新安县委的领导，希望我能邀请到汪国真为新安万山湖写首歌。我陪国真老师乘船穿过号称黄河小三峡的地方时，"黄河千岛湖，座座小岛似珍珠，峡谷百鸟飞，峰顶看日出……风吹小船裁开绿水，雨打苍山捧出林木……"朗朗上口的歌词已经创作完成，令我惊叹的是，国真老师怎么能把词写得这么灵动，风吹小船"裁"开绿水，雨打苍山"捧"出林木，"裁""捧"两个字让你脑海中尽显画面，动感十足。

国真老师回京数日后，《黄河千岛湖》曲谱创作完成。国真老师惊人的创作能力使我难以忘怀，我能做的，便是以最快的速度把他的作品以音乐形式表现出来。我请时任洛阳市音乐家协会主席的秦国琛老师为其作品配器，寻找洛阳当地的一位歌手试唱，洛阳电视台录音师傅旭老师录音，一阵忙碌后，《黄河千岛湖》这首歌曲录制完成。那个时候，都还是盒带的主场，得用录音机播放才行。国真老师是通过固定电话免提在北京家中听到试唱录音效果的，他听后非常满意，告诉我这是他创作的多首歌曲中第一首录制完整的作品，坚定了他要完成《唱着歌儿学古诗》的谱曲录制工作。印象中是在2002年冬季，我和傅旭老师在北京，陪着国真老师在三元桥羽泉工作室录制完成《唱着歌儿学古诗》（第一辑）的16首歌曲，实力派歌手于文华、白雪、胡月、王燕、吕薇等友情加盟演唱。

国真老师待我如师如兄，我们一块走过的地方，留下的都是《走向远方》的《青春》笑声，因在很多人心中，汪国真和琼瑶都是台湾同胞，汪国真应该是个老头。由此，我们常戏称汪国真为"汪老"，"汪老，近来可好！"也成为我们之间的问候语。一次，国真老师郑重其事地问我，想不想到北京工作，趁着年轻，换个环境。能有去北京工作的机会，我自然乐意。于是，在国真老师引荐下，我来到一家央媒继续从事新闻工作。在北京工作的那些年，陪国真老师走过很多地方，真正兼任起国真老师特别助手的工作，由此也直接影响了我返乡创业的行业选择。

那是2005年的夏季，多年回家如过客的我，收到妻子的最后通牒："儿子出生后，不待在洛阳，以后就别再回这个家了。"说来惭愧，我是该返乡当个称职的丈夫和父亲了。2006年的7月，洛阳市天艺艺术家俱乐部正式成立，国真老师前来剪彩，并欣然接受了他的新职务——名誉理事长。是给国真老师当助手的经历，促使我进入文艺界，专业干起艺术家经纪服务的行当。

2014年7月，国真老师到洛阳参加我新公司乔迁剪彩，在接受《洛阳日报》记者采访时，他说："洛阳是我非常喜欢的一个城市，也是我参加工作后到过次数最多的城市。"这句话，让我非常自豪，因为洛阳是我的家乡。我曾陪国真老师走过很多地方，讲学、采风、创作、交流，洛阳是最多的一个城市，特别是我返洛创业后，国真老师到洛阳就更加频繁。

国真老师非常喜爱牡丹，他要学习牡丹画，自己亲手画牡丹。既然选择了远方，便只顾风雨兼程。确定了目标就付诸行动，国真老师多次赴洛，到牡丹园中写生，虚心向当地画家索铁生、王理纯、魏驰卓等请教牡丹画技法。国真老师学习能力超强，加之多年书法功底的积淀，半年下来，他的兰草、紫藤和牡丹画作品超凡脱俗。我策展的"汪国真、汪月清书画联展""汪国真、魏驰卓、朱荣华、苏春莲书画联展"等活动，国真老师的书画作品广受各界好评。

国真老师正直豁达、善解人意。国真老师在洛阳交了很多朋友，每次到来，犹如回家，会很轻松地和朋友们讨论各种话题，为人处世、养生之道、创作心得。他学习驾驶汽车是从洛阳开始的，那时候，洛阳新区建设道路宽阔，我陪他从起步练起，后来拿到驾照后，我一句"汪老"，他就回句"宁教练"。在洛阳听到《短文五则》录入高中语文读本第一册的消息时，他与我们笑谈分享，愉快地在教材上签字纪念。我陪他在栾川夜市上，看到有他多个版本的盗版诗集，我就问他不生气吗，国真老师笑呵呵地说："都得吃饭啊，谁让咱的诗集好卖呢，被盗版说明还是受欢迎。"到了这种境界，我只能仰望着，以他为楷模，做正确的事，做正直的人。

2006 年 8 月，在吐鲁番召开的丝绸之路跨国联合申报世界文化遗产国际协调会议，传回洛阳作为丝绸之路东方起点之一申遗，我先后于 2006 年和 2013 年两次组织重走丝绸之路文化采风活动，为丝绸之路申报世界文化遗产发声助威，国真老师更是不遗余力支持，寄来书法作品参与义卖，给予鼓励。2014 年 6 月 22 日，从卡塔尔多哈举办的第 38 届世界遗产大会上传来喜讯，丝绸之路、中国大运河双双录入世界遗产名录。那天下午，我给国真老师打电话开了个玩笑："汪老师，从此您的生日和世界文化遗产扯上了关系，6 月 22 日不仅是您生日，还是丝绸之路、中国大运河列入世界遗产名录的纪念日。"

多年来，只要是我组织的活动，再忙他也要赶来为我站台，一路摇旗呐喊；我想做个网站推广艺术家，他为我找来国内知名的互联网博士指导。只要我发出的请求，他都毫不犹豫帮我实现。让我怎样感谢你？！"当我走向你的时候，我原想收获一缕春风，你却给了我整个春天。"多美的诗，国真老师为我所做的，恰如诗歌的真实写照。

让我深深歉疚的，还是没见上国真老师最后一面，是我的粗心错过了与他道别的机会。2014年7月底，我参与组织"西雅图中国洛阳牡丹文化艺术节"，邀请国真老师做组委会的艺术顾问。在美国先后参访多个城市，但晚间的活动，国真老师几乎都没有参加，他告诉我特别累，我当时没在意，认为是时差一直没有倒过来，多加休息应该会好转。其实，他那时的身体已经出现了症状。2014年年底，我和国真老师在北京最后一次见面，那时他看上去很憔悴，问他是否身体不适，他告诉我，不久前做主持人刚录完广东卫视的《中国大画家》节目，有点累……2015年的春节后，就没与国真老师通电话。那时我在洛阳准备着一场大活动，计划把活动准备好后，告诉国真老师，然而……

语言是苍白的，思念是永恒的。无论星挪辰移岁月倥偬，国真老师，你的诗和远方，始终都在那里！

2023年4月25日于洛阳

（宁健，中共党员，1973年生于洛阳，早年从事新闻工作，现任洛阳丝绸之路文化旅游发展集团有限公司总经理、洛阳市中小学生研学旅行研究院院长、河南省研学旅行教育协会副会长、洛阳丝绸之路与大运河研究会常务副会长、涧西区新联会副会长，洛阳市第十一届、第十二届政协委员）

忆汪国真

淡巴菰

朋友发来一张布展现场的海报照片，左侧是汪国真，右侧是我。戴着金属框眼镜的他很斯文，双目含情，微笑翩翩，"李冰你好！"那圆润好听的声音瞬间萦绕在耳际。一别，已是八年。记住了他的祭日，因为半个月后的那个春天，我的父亲亦离开了尘世。

这个冬日，一个文学艺术展将在中国工艺美术馆面世。中国艺术研究院文学艺术院成立二十周年，所有创作者的代表作品都将有个公开露面的机会。作为码字为生的我，也位列其一。我端详着海报下面的笤帚、簸箕，看到不远处头戴安全帽蹲着干活的工人。这施工画面很有现场感，可我，却有种梦里依稀，不知何年的恍惚。二十年匆匆，三十年亦不过弹指一挥间。回想读大学时，晚自习时伏在图书馆的长条桌上，翻开从《青年文摘》《读者》上抄写的汪国真的诗，乐此不疲。回到宿舍还往往与室友们诵读赞美一番。"没有比脚更长的路，没有比人更高的山……"那些日子似乎只是昨天，当年的我们，早已鬓染白霜。当初我更是做梦也不曾想到，有朝一日，我会和这偶像并列展示自己的文学作品。

"你今天来采访谁？哦，你成了我的同事了？太好了！"我忘不了2010年的那个春日，在艺研院三楼的小会议室，他坐在椅子上，扭头冲走进来的我打招呼。几年未见，谦和、真诚、率真依旧。窗外，紫色的玉兰开得正盛。略作寒暄，我们并未深谈。可是他的微笑，和那玉兰一样，让人瞬间心暖。

在那之前，我们其实也没见过几面。他粉丝无数，记得我，纯粹源于2002年我对他的那个采访。刚到北京谋生的我在一家都市报做文化记者，南方某报报道"著名诗人汪国真穷困潦倒，开火锅店倒闭"，领导派我跟他联系去采访一下。我已经不记得是从哪儿得到他的手机号码了，总之他很爽快地约我去他在北三环的家一聊。儒雅，健谈，他不掩饰良好的自我感觉，侃侃而谈，说到他的诗集发行，那个很大的数字是他的骄傲和底气。因为真诚，他的自足自乐并不让我反感，反而感觉他胸无城府，在别人眼中的"幼稚"，在我看来只觉得可爱。于是我惊叹着他翻出来的一箱盗版汪国真诗集，说到我们宿舍当年办的手抄本，每周一期，期期都有人抄他的诗。他高兴得笑了，镜片后的目光幸福得像恋爱中的少年。

他说除了写诗，他还谱曲写书法，南方某景区还请他题字，他给我看了照片。在那张大书桌上，他当即挥毫为我写了一幅字，"飞天神采照河山，彩袖千年依旧映云烟"，龙飞凤舞，很有毛主席的行草风格。

从那次采访后我们就算认识了。偶尔有出版社出他的诗集或CD，他会寄给我，我在报上发条二三百字的消息。

和他成了同事不久，我便被派驻到国外去工作了，接待国内来的文化团组成了家常便饭。因为良莠不齐，久之有些无奈和不耐烦。某天接到通知，说河南洛阳一个小书法展在Rosemead的华人社区举行，问我是否去出席。本与另一个活动冲突，想谢绝，一看那名单，汪国真的名字赫然在列，我立即改了主意，答应前往。

他乡遇故人，何况还是一个部门的同事。我们都很兴奋，就着桌上的自助熟食，举着一次性塑料杯子频频碰杯抿着红酒。"没想到在这儿见到你！"我们都笑望着对方，还合了影。那次的书法作品没几幅，在一个类似古玩店的小屋，局促得像个名不正言不顺的地下活动。我们约好了回北京见面，谁也没想到，那竟是永别。

其实他走之前我们是有一次机会再见的。2014年，我回国休假，患癌八年的父亲再次病重。接到汪国真约喝酒的信息，我犹豫片刻，还是回绝了，理由是要陪父亲去医院。有一个没明说的理由是那个地方在西单，开车去着实也不方便。我以为，等我第二年结束在国外的工作后，我们有的是机会把酒言欢。谁知，不到一年，他悄然离开了。

之后看到纸媒和网上铺天盖地的文章，除了一些深切悼念，竟有许多贬低汪国真甚至将他的诗踩在脚下者。似乎骂他贬他就足见自己的高深。我哭笑不得，只想让那些"高深者"站出来，问他一句："能让一代青年为之倾倒追随吟诵的诗，你能写出一首吗？"没错，他的诗不深沉，他的文也太朴实，可这就要备受鞭笞甚至被彻底抹杀吗？就像当年三毛死后，有人以纪实为由，指责她"撒谎"，因为她的游走文字没有百分百"非虚构"。琼瑶的小说被认为"一钱不值"，因为"没有文学价值"，即便它们打动了数不清的春心萌动的少男少女。

为他难过着，我把那幅一直在抽屉里憋屈了十几年的书法装裱好，挂在了客厅的墙上。偶尔目光触及那龙飞凤舞的字，我就忍不住在心底轻叹。除了叹他的早逝，我知道还有别的。"汪国真走了。我的部门负责为他写生平事迹，查档案才知道，这位影响了一代人的诗人只是个中级职称。当时我们一片唏嘘，还引发了一阵对职称考评制度的讨论——有才华的人，如果不申报，就不会得到职称这样的体制认可。"一位负责人事的同事为他叫屈，同时佩服他的"不俗"。

现在，每次部门开会，我都不由得想到他那张脸，我从少女时期就认得的脸。如今我的中年都近尾声了，脑海里，那张脸仍然年轻。

展览开幕了，大厅里到处是走动着、喧哗着的参观者。看着那两张并排着的海报，在他的微笑注视下，我站立良久，心潮起伏。六十七位文学艺术家，有的退休，有的换了单位。有的名声赫赫如获了诺奖的莫言，有的悄无声息如我这样的码字者。汪国真，是唯一远离了尘嚣飞升到了另一个世界的灵魂。他不会知道，在这样一个时刻被一位同事真挚地怀念。他亦不知道，两年前，我曾在《人间久别不成悲》那本书里，将他与我采访过的逝者如陈忠实、张贤亮、柏杨、周汝昌等人一并收录纪念。

　　展览现场，作家的照片旁都配着一句各自喜欢的箴言。"时艰玉可作石，秋来叶能当花。"与他这句话相应的位置上，是我那句"我听命于那些温暖了我的记忆"。唉，我多想知道，如果他泉下有知，看到这一幕，他会微笑着说什么呢？

　　离开时，回头再望一眼那有点梦幻的海报，我忽然对无心插柳的设计者心生感激，感谢他（或她）无意中的排列，让我和当年的偶像合了最后一次影。

2023 年 12 月 9 日于北京

（淡巴菰，本名李冰，国家一级作家。曾为媒体人，前驻美外交官，现为中国艺术研究院专业作家。《上海文学》《山花》专栏作家。第十届冰心散文奖得主。已出版"洛杉矶三部曲"（《我在洛杉矶遇见的那个人》《在洛杉矶等一场雨》《逃离洛杉矶 2020》）、散文集《总有个地方现在是 5 点钟》《下次你路过》《那时候，彼埃尔还活着》、小说《写给玄奘的情书》等。对话集《听说》被翻译成英文出版。）

我与汪国真的二三事

窦欣平

作为在中国诗史乃至中国文学史上占有一席之地的著名诗人,汪国真无疑是一位聚光灯下的人物。他多才多艺,不仅是成功的诗人,还成功地成了书法家、画家和作曲家。但生活中的汪国真,却优雅而质朴,待人真诚而热情,因此有着好人缘。因为缘分,我有幸结识他、熟悉他,特别是在他不幸离世后,创作出版了他的个人传记《遇见·汪国真》,使我越发对我们交往中的点滴无法忘怀。

我们相识在2003年年底,当时我在新华社某期刊担任执行主编,正在为杂志筹划的一场论坛邀请嘉宾。我的好友,亦是我主管领导的张宝瑞向我推荐了汪国真。汪国真的名字我当然知道。我在上中学的时候就读过他的诗,在那个信息闭塞的年代,著名诗人是个遥远的存在,我甚至有一种错觉,诗人这么有名,一定是已经作古了。这种想法很可笑,可它应该是因为我心底的那种崇拜与对神坛上的诗人产生的距离感而产生的。如今,张宝瑞说起了这个名字,自然令我十分兴奋,而后又听宝瑞先生娓娓讲述了他在汪国真当红时遇见他、志趣相投成为好友的故事,更是对与他的相见充满向往。就在那一年的冬季,在我策划组织的论坛上,第一次见到了久闻大名的诗人,他的儒雅、淡定与平和给我留下了深刻印象。

很快,我们又有了交集。2004年8月,北岳文艺出版社推出了"京城四大怪才"丛书,分别是汪国真的《国真私语》、张宝瑞的《宝瑞真言》、司马南的《司马白话》和吴欢的《吴欢酷论》。新书发行后不久，于 2005 年 1 月 16 日下午，在北京中关村书城举行了一次签售会。这四本书中，只有《宝瑞真言》是一本传记，因为我是这本传记的作者之一，便与四位名家一同参加了活动。我的位置是在最左边，右侧挨着的就是汪国真。活动开始前的间隙，我们一直在交流。他翻看着放在面前的四本书，忽然拿起《宝瑞真言》对我说："传记写得好看不容易，《宝瑞真言》我已经看了，你写得不错。"这四本书在签售会之前早已送到作者手中，汪国真所言不是假话，他一定是读了。听他这样说，我心里非常高兴。其实，口述史的写作是一件费力不讨好的事，无论是哪位大家的口述史，如果成书，采写者的二度创作都十分关键。此时，听汪国真如是对我说，心顿时暖暖的。他读了书，也对作者的辛苦有感知、有评价，虽然只是只言片语，却足以令人感到满足。我想，汪国真是经历过多年退稿的煎熬后才迎来成功的，所以他懂得写作的艰辛，更愿意鼓励年轻作者，这一点是作为名人的他极为难得的品质。此时，一个可爱的青年读者忽然找到了我，他请我签名的书并不是《宝瑞真言》，而是我在不久前刚刚出版的影星周星驰的传记《周星驰外传》。坐在一旁的汪国真看到了，问："这是你的书？"我点头。他又说："回头送我一本。"我以为诗人是在开玩笑，便笑了笑。

那次签售活动之后，我经常会在宝瑞先生组织的金蔷薇文化沙龙的活动中看到他。每次见面，我们寒暄之后并没有过多交流。这种不交流是有原因的。虽然我也行走在文学路上，但我并不写诗，面对一位神坛之上的诗人，我很担心会在谈诗中暴露出我的不足；而除了诗，我在当时却又找不出可以和诗人交流的其他话题。除此之外，还有一个客观原因。每一次，汪国真只要出现在活动的现场，就会有很多人围拢上来。

他的朋友非常多，他会和大家一一寒暄，寒暄过后也不会清闲，老朋友们又会把慕名等候在一旁的新朋友介绍给他，所以他总是被众人拥在中心里，不得空闲。于是，我恢复了做记者时养成的习惯，只是静静地坐在一旁，在他与别人的交流中去感知他。

不久之后，我们有了一次偶遇。

那是2007年春季的一天，我应邀前往琉璃厂参加一位朋友的画展，没想到，我在那里见到了同样出席开展仪式的汪国真。我们打过招呼，一起参加活动。活动结束后，我便准备离开，恰好那天汪国真没有开车，我们住的小区又不远，他便搭上我的车一道返回。在路上，我们有了独处的机会，也便有了畅谈。

我告诉他说："我在上中学的时候，同学之间有谈恋爱的，就会把您的诗写进情书里，成功率挺高的。"

汪国真显然对这样的现象很了解："这样的事情确实非常多。有的人呢，可能就因为我的这些诗结合了，可有的人就没那么幸运，反而因为这些诗分了手。"说完，他便自顾自地笑了起来。

我很好奇："因为诗分了手？"

汪国真边点头边解释说："比如《河南日报》的一个记者，曾经跟我讲过他自己的一段经历。他当时跟他的女朋友正在谈恋爱，就觉得我的诗特别能表达他的心声，所以他就抄了我的一首诗送给女朋友，只不过他把诗署上了他自己的名字，结果女朋友一看就火了，说你拿汪国真的诗署上你的名字来骗我。"

我也笑了，问："她知道是您写的诗吗？"

汪国真说："对，她知道，那时候我的诗集还没出版，但已经有很多人在私下里抄我的诗，她很可能就是其中一个，所以对我的诗很熟悉。

那个记者没想到这个女孩子读过这首诗，竟然知道诗的作者是我，所以就适得其反，女孩子认为他不真诚，两个人就吹了。"

我把车开得很慢，就是想借着这样难得的机会和他多聊聊。

我问他："诗歌给您带来最大的收获是什么？是名气吗？"

汪国真想了想，说："最开始写诗时并没有想到会因此出这么大的名，只是想把我的思想、感情通过诗宣泄出来、表达出来。可能我所表达的内容跟很多读者产生了共鸣，所以会给我带来这么大的名气。就像我搞书法一样，开始练只是因为我的字不好，没想到后来大家喜欢我的书法。我不是特意为之，只是想改变某种状况，但这种状况改变之后，得到了大家的认可，这是出乎我意料的。"

我又问："这么多年过去了，现在回过头去看，您又如何看待您的诗产生的影响呢？"

汪国真先是露出了微笑，忽然又神情严肃，回答说："虽然从我成名到现在已经过了快20年，可是我觉得，不管是在当时还是现在看，我的诗歌之所以能够产生比较大的影响，还是因为诗的本身是具有生命力的。你看，这么多年过去了，我的诗集还是不断在出版、再版，而且有盗版，一些诗也在2000年以后陆续被选入了中学语文课本。诗集能够被盗版，是因为在民间有读者。我的诗集连续被盗版17年，在大陆我没听说过有第二个诗人。在我印象中，别的诗人的书就根本没出现过盗版。至于我的诗被选入了课本，如果不是有积极意义的优秀作品，是不可能进入教材的，说明已经得到了官方的认可。我现在还经常会参加一些公众节目，每次到了活动现场，主持人把我的名字一报出来，往往掌声一下子就起来了，而且非常热烈。所以我很高兴，我觉得我的诗并没有被遗忘。"

车还是很快到了他家的楼下，我和诗人的谈话意犹未尽，可也只能就此别过。没想到，汪国真却问："你下午有事吗？如果没事，就到家里坐坐。"

那是第一次去他的家，装修很简单，也没有想象中那么多书。比书更明显的是书法，墙上挂着他的字，书房里除了笔墨纸砚之外，最有意思的就是改装之后的墙。为了适应书法创作的需要，他把一面墙装置成了他的桌案，由几大块木板组成，顶端固定在墙上，底端有支架，挥毫创作时，便不再是伏案写字，而是垂直于地面写字。汪国真指着墙上的木架，十分自豪地说："在这上面写字，可是需要功力的。"的确，在墙上写字的功力可不是一朝一夕能够练成的，汪国真这样做，只能说明他已经把书法当成了他的事业。事实上，对于将书画作为主要发展方向的汪国真来说，这面墙就如同他当年的书桌一般重要，已经成为他近年来使用最多的一块创作园地。

不过，我们的话题还是没有离开他的诗。我说："当年的那些读者，喜欢您的诗喜欢到了十分狂热的地步，可是，竟然也有一些人在批评您的诗？"

汪国真眼望着窗外，神情是淡然的，他说："当时的确有另外一种声音，应该是说汪国真的诗俗、肤浅、没有深度，而且这个声音还不小，是有相当一部分人看不惯我的这些诗。"

我追问："您那时也就三十几岁，听到这种声音是什么样的想法？"

汪国真回答说："我是一个很顺其自然的人，而且心态一直很平和，我觉得，如果我按那些批评我的人的那个思路、那种写法、那种追求去创作的话，那我的结局肯定跟他们是一样的。我觉得他们为什么没有走出来？就是因为他们自认为是深刻的、崇高的、有深度的作品，读者却并不买账。如果读者不买账，事实上这些作品也就没有意义了。"

那一天，一杯清茶，时光飞逝。诗人的话语如同我们相识时他给我留下的第一印象，朴实得就像个普通人，但朴实中却让我看到了深邃。正是这种思想上的深邃，才使他的诗拥有两个与众不同，其一是通俗上口，其二是富含哲理。这些都是我在这一天所领悟的，可以说，相识几年时间，唯有那一天的谈话让我真正了解了他。

那次畅谈之后，我们交往更多。比如2007年4月25日，我为新华出版社出版的一本新书担任策划，在北京大学百周年纪念讲堂举办了一场以青年成才为主题的交流会，汪国真作为主讲嘉宾莅临现场，不仅与北大学子们分享了他的诗歌之路，还讲述了他的散文《熟悉的地方没有景色》的创作过程，以此劝慰大学生养成善于观察、懂得发现的能力。比如2008年7月，作家出版社为家父的一部长篇小说举办研讨会时，汪国真因为将赴外地参加既定的活动不能参会，便在临行前将特意写下的书法"风华妙笔"送给我转交家父。当他日后获知这部小说由郭宝昌导演改编为电视连续剧《翻手为云覆手雨》时，他还特意给我发来短信，表示祝贺。再比如2012年4月13日，我第一次申请加入中国作家协会，他便是推荐人之一。我将我出版过的近十本书籍送去他家时，他还特意问："有《周星驰外传》吧？"我才意识到，当年在中关村书城签售时，他索书的话并不是玩笑，不由得心生歉意，急忙把手中的书递过去。他把那些书拿在手中，一边翻看着，一边说："我这几天有时间，正好都看看。"很多人都说过汪国真细致认真，那次我当真感觉到了，他那么忙，还抽出时间看我的几本拙作，的确难得，读过后，他才在中国作家协会报名表的介绍人意见一栏郑重写下了推荐语："欣平先生出版过许多著作和文章，其书其文都很有文采，产生较大影响，我愿意推荐他入会。"虽然那一年我未能如愿入会，但国真先生手书的推荐语，已然成为激励我在文学路上努力向前的箴言。

近年来,我能够感觉到他越来越忙,在北京的时间也越来越少。有几次我和宝瑞先生趁他在京的间隙同去拜访,他总是带着兴奋告诉我们一些他当时正在忙的事,比如他的书画签约了经纪公司,他可以安心投入创作;比如他在各地的工作室正在或即将建立;再比如他开始在电视台担任主持人……总之,言语之中,可以感受到他的欣喜。或许,这种欣喜寄托的应该是他对再创辉煌的渴望。

不过,汪国真并不会因为忙碌而忘记朋友。听说我近两年向编剧、导演的方向发展,他经常询问、鼓励,在看过我执导的一部公益题材微电影后,还特意在微信上发来评语:"形式很新颖,主题很深刻。"

然而,我没想到的是,这样一位精力充沛、对生活充满激情的诗人、书画家、作曲家、主持人,竟然英年早逝,意外地离开了我们。

宝瑞先生是我和国真先生共同的好友,获悉噩耗之后,他第一时间打来电话,谈到的一件重要事情,就是建议我为国真先生写一部传记。他的建议里含着深情——我记得,春节刚过的时候,宝瑞先生就曾给我打来一个电话,告诉我汪国真病重住院的消息。我能感觉得到,他当时十分担心,很想去医院看一看,可是他也很清楚家属并不想外界过多打扰的想法,因为汪国真患病的消息当时还对外封锁着,而张宝瑞也是从医院的朋友那里意外获知的。无奈,去医院探望的想法只能作罢。可是,已经获知消息的张宝瑞却无法当作不知道,虽然无法去看望,却先后给几个关系密切的朋友都打去了电话,告诉大家做两手准备——如果康复了,便组织大家去医院探望,欢欢喜喜地去,给诗人一些惊喜,祝他早日出院;如果不幸走了,那便要尽最大力量组织起沙龙的朋友们前去送行,让诗人一路走好。为此,张宝瑞通过医院的朋友密切关注着汪国真病情的变化，甚至延后了去河南参加笔会的计划。俗话说，患难见真情。汪国真溘然长逝之后，张宝瑞一直在为汪国真的诗坛成就鼓与呼，不断在金蔷薇沙龙的朋友群内转发有关汪国真的消息，并在追悼会之际积极组织沙龙的朋友前往送行。如今，他希望能有一部汪国真传记问世的建议，寄托的是他对老友的无限深情，而我，又何尝不是呢?！于是，在得到家属的授权后，我便着手采访和收集资料，终于在 2017 年 9 月由生活·读书·新知三联书店推出了《遇见·汪国真》一书。

斯人已逝，点滴回忆弥足珍贵。

2023 年 4 月 6 日于京西御庐

（窦欣平，导演、编剧。中国戏剧文学学会副秘书长、戏剧影视转化创作专业委员会主任。中国作家协会、中国电视艺术家协会会员。曾执导《止罪海》《梅花谍影》《春回樱桃沟》《最远的重逢》等剧情片及《北京师父》《神奇的嫦娥五号》《中华鲟的故事》等纪录片。出版《北京古迹史话》等著作十余部）

我的哥们儿汪国真

建 明

汪国真老师离开我们已经八年了，在这八年里，除去头三年我不知道他的安葬之处在哪没去祭奠他，后面的五年，每年我都会去给他扫墓。有次在陵园偶遇汪老师的家人，他的妹妹汪玉华说没想到我会去，我对玉华姐说："汪老师不仅仅是个诗人，也不仅仅是个名人，对我而言，他更是我的好朋友，我的好哥们儿。所以他在与不在，我都会看望他。"

2004年2月29日，这个4年才有一次的日子里，我和汪老师因采访而相识。

第一次会面的时候，我为他拍了几张照片，那时候还没有微信，所以我把数码照片洗出来送到他家，他看了非常满意，从此以后，我们经常在一起聊天，越聊越觉得双方有着许多共同的话题，越聊越觉得三观一致，就这样，我们成了非常好的朋友。

图1 作者与汪国真合影

图 2　汪国真为作者题字

关于汪老师，许多人问过我同样一个问题，汪老师是个怎样的人，我的答复就在这篇小文里。

汪老师是个性情中人

我注意到他家客厅里摆着一架钢琴，就问汪老师会不会弹，因为在我心目中，一个诗人怎么会弹钢琴呢？他说会，但是没在外人面前弹过。我说那就当着我这个外人的面弹一回呗。他很自如地弹了一曲，完全没有任何矫情。

在他家还发生过一件非常有意思的事情。有一年夏天，我们俩坐在客厅里喝茶，喝得满头大汗，知道我不太爱用空调，但是他家又没有风扇，于是汪老师提议两个人脱了上衣光膀子聊天儿，直到我离开他送我到电梯间时还光着个膀子。我说您是个名人，在电梯间就别光着膀子了吧。他说没事儿，没事儿，怎么说也是在自己家里。汪老师平时看着温文儒雅，但是内心却颇具豪放的一面，只是能见到的人比较少。

2013年10月8日,我在电视新闻上看到习主席在APEC盛会上第一次引用名人的诗句就是汪老师的"没有比脚更长的路,没有比人更高的山",于是我马上发信息给汪老师,当时他在广州白云机场正要登机,他问我是真的还是假的,我说那当然是真的呀,这还能开玩笑啊。后来他跟我说,我是第一个告诉他这个消息的人。对于这次领导人引用自己的诗句,他非常兴奋,时不常会提起来,毫不掩饰自己的真实情感。

汪老师做人非常到位

汪老师的书法逐渐出名后,经常有了解我和汪老师关系的朋友找我求他的墨宝,每次汪老师通知我去取的时候,我们都会在他家楼下一家餐厅共进午餐。每顿饭都是他买单,后来我对他说,我是有求于您,应该是我请客,他颇为严肃地说,那样就不是朋友的作为,朋友之间相互帮忙是应该的,不能因为相互帮点忙,就要对方马上有所表示,这样就不像朋友了。他这种行为让我非常感动,后来我把这种感动转化成了自己的一种行动——有朋友找我帮忙的时候,也不需要人家感谢,甚至在帮朋友的时候,我还常常倒贴人情和财物。

除了上述事例,还有一个让我觉得能体现他为人处世特别好的例子。

有一段时间我们俩经常一起出去参加活动,不管是在北京还是在外地,他都有很多朋友,我们一起出现的时候,别人并不认识我,所以他们都是热情洋溢地招呼汪老师,而无视我这个陪同人,但汪老师每回都是先把我介绍给他的朋友,安顿好我后,才再去接受朋友的盛情款待。

2011年我结婚的时候,邀请汪老师做我的证婚人,他欣然答应,并从外地专程赶回北京,最让我感动的是,开车去接他的朋友告诉我,汪

图3　汪国真为作者证婚

老师从家里出来的时候，双手托着一幅墨迹未干的书法作品，上书"天长地久"，这是他除了红包之外，额外给我的一份祝福。通过这件事，我深切感受到汪老师是一个非常仔细的人，也是个考虑问题非常周到的人。他对朋友不是表面地客气、应付了事，而是真心诚意地付出。

在我们的交往过程中，我帮过汪老师一些忙，所以他经常对我说，"有用得着我的地方千万别跟我客气，一定及时告诉我"，完全没有因为自己是个名人而忘乎所以、高高在上、不可一世，这是非常难得的品质。

汪老师是个与人为善的人

2004年我邀请汪老师去郑州参加个活动，活动期间，我遇到青天河景区的领导，于是提醒他，汪老师给许多景区题过词、题过字，你为什么不请他给景区题字呢？他觉得这件事难度太大，因为在他的心目中，汪老师是一个大诗人，是那种他们够不着的一个名人，我承诺帮着协调

图4 汪国真为青天河景区题词

一下。我跟汪老师沟通后,他很爽快地答应帮景区题字。

根据活动安排,第二天到青天河景区去参观,他到景区后发现"青天河"三个字已经有人题写了,并且已经描在了景区门口的大石头上,只是还没有刻上去,于是他跟景区领导说,既然你们请人写过了,我就不方便再写了。景区领导经过内部协商,还是觉得请汪老师题写比较有分量,但是汪老师一再表示不忍心弃先前的字不用。于是景区工作人员想到一个办法——把原来的题字放在石头的背面,把汪老师题的字放在石头的正面。也就是进景区的时候看到的是汪老师题的字,出来的时候看到的是别人的题字。汪老师为他人考虑周全,不愿因为自己而伤害到任何一个人,哪怕是间接的伤害。

汪老师是个随和的人

汪老师在许多人的心目中都是遥不可及的。同样是这次郑州之行,

图 5　汪国真为作者出版的图书题写书名

有个北京的朋友委托我看望一下他在郑州上学的表妹,到郑州后我联系他表妹,当她得知我跟汪老师住一个房间时,问我是不是那个写诗的汪国真,确认后她又问我是不是到我房间能见到他,得到肯定的回答后她马上出发。进到房间,我介绍她跟汪老师认识并合影,汪老师还在送给她的书上签上自己的名字,甚至还把朋友表妹的名字写在扉页上。朋友表妹看上去一直都表现得非常淡定,没待多久她就返回学校去了。

傍晚她给我打来电话,莫名其妙地问我她是不是见过汪老师,我说汪老师不是送过一本书给你吗,她说:"回来以后我睡了一觉,醒来后感觉像做了一个我去见汪老师,汪老师送我一本书的梦。而且这本书回来以后还被同学借走了。现在我得跟你确认一下，到底是真实发生了这件事情，还是我做了一个梦。如果我做了一个这样的梦，现在去管同学要她借走的书，那就闹了一个天大的笑话。如果是真实发生了，我得赶紧把书要回来，珍藏起来。"她还解释说因为自己从来没想到过能离汪老师这么近，觉得汪老师是书上的人，不应该是自己能面对面接触到的人。

还有一次，我约了一个出版社的编辑跟汪老师碰面。这个编辑又约了一家文化公司的老板一起去，这个老板与我熟识以后告诉我，当时她听说第二天能见到汪老师，激动得一个晚上都没睡好觉。因为她上学的时候就读过汪老师出版的所有诗集，她没想到有一天能见到汪老师本人，还能与汪老师一起吃饭，一起合影。

这就是大家心目中的汪老师，而作为他的朋友，他在我的心目中，是那么地善解人意，那么地体贴入微，那么地与人为善，完全没有那种高不可攀的所谓名人架子。

在我们相处的十几年里，共同经历了太多太多的事情，所以当噩耗传来，我的第一反应是不敢相信，接着脑袋一片空白。在八宝山的追思会上，有记者看到我心如刀割的样子，忍不住问我："你跟汪国真是什么关系？"我说是朋友，他不可思议地看着痛哭流涕的我说："那你怎么会……"

他不懂，他可能觉得失去亲人才会如此痛苦，我也不想解释，但我知道，这就是我和汪老师这个哥们儿之间的感情。

2023 年 6 月 22 日

（建明，资深媒体人，参与过 2009 年央视春晚的策划和撰稿，发表过文学作品上千篇、摄影作品上百篇，有幸作为海内外 436 位知名人士之一，签名被神六搭载遨游太空）

我是"真丝"

沈培新

曾几何时,我们都朗读过他的散文《雨的随想》,背诵过他的《热爱生命》,抄写过他的《给友人》,在朋友过生日的时候,在生日卡上抄写下:

因为你的降临
这一天
成了一个美丽的日子
从此世界
便多了一抹诱人的色彩
而我记忆的画屏上
更添了许多
美好的怀念　似锦如织

我亲爱的朋友
请接受我深深的祝愿
愿所有的欢乐都陪伴着你
仰首是春　俯首是秋
愿所有的幸福都追随着你
月圆是画　月缺是诗

图1 作者与汪国真合影

他的诗，承载着我们这几代人的青春记忆和热血梦想！那个时代没有智能手机，没有短信微信，只有一笔一笔地在贺卡和给心爱的人的情书上写下他的诗歌，寄送出自己内心的激动和炽热的青春！他的诗，真的是影响了我们这一代人！他就是汪国真先生！生活中的国真老师，温文儒雅、谦和近人，聊天到开心时会朗声大笑，对时事政治有他自己独到的见解。我认识国真老师时，他已经把诗、书、画、音汇通融合，他的超然、豁达、平易、恬淡，在他生命中的最后几年，演绎出了诗歌与书法同辉，国画与音乐双绝！

前些日子，接到玉华姐的邀约，写一篇纪念文章，心中许多感慨，回忆与国真老师交往的点滴。

时光转回到 2004 年，那年我在北京贷款买了属于自己的第一套房，装修忙碌了许久终于住了进去，有一天在上楼等电梯的时候，旁边站了一位熟悉的脸庞，戴着一副眼镜，我一眼就认出了这是著名的诗人汪国真老师。我抑制住内心的激动和喜悦，因为是初次，也不好意思唐突。过了几天，又看见了先生，我就知道，大概率应该是邻居了。直到有一次，在小区大堂再次碰到汪老师在等电梯，我定了定神走上前去，问："您好，您是汪国真老师吗？"国真老师有些诧异地微笑着说："是我。没想到你会认出来。"我笑着说："那怎么会认不出来，上学那会儿常读您的诗，抄写您的诗词。今天真是有幸，能遇到您。"汪老师笑着说："你也住这里？"我回答："是的，我住四楼。"汪老师随即告诉了我他的楼层，并笑着说："咱们是邻居，有空到家里坐。"我没想到，一个名扬天下的诗人、作家，竟然这么地随和、平易近人。

终于选好了一个日子，和汪老师约好上楼坐坐，一进门，就看见汪老师练习书法的大木板放在客厅，厚厚的宣纸摆满一旁，汪老师饶有兴致地告诉我："我现在除了写诗，还在练书法，很多地方已经都刻了我的书法。另外，我还在练习作曲，马上准备给一百首古诗词作曲。"

我看着汪老师的书法，是毛体的行草，笔法磅礴大气，布局又不失诗人的优雅，真的是具有极高水准。我给先生带了一盒中国海军军乐团的录音 CD，里面有我演唱的一首歌曲。汪老师高兴地说："我现在正在作曲，以后肯定会有合作的机会。"果然，没过多久，汪老师给我打电话，说他写了一首深圳华夏银行的行歌，让我帮他找人配器并录唱，第一次合作，事情办得很顺利。

2007 年，我把这套手上的小房子出手，想换一个大点的。找了个时间，去和国真老师告个别，国真老师高兴地说："换新房了，我送你一幅

图2 参加"唱响古诗词——汪国真作品音乐会"

字吧。"过了两天,就让我上楼取,先生给我写了一幅横幅:"时艰玉可作石,秋来叶能当花。"这幅字至今一直挂在我家的客厅,每每凝视,便想起先生的音容笑貌。

2009年,国真老师打电话给我,说他要举办"唱响古诗词——汪国真作品音乐会",并邀请我参加,我当然义不容辞。汪老师很细心地发给我几首作品,让我挑选适合自己的,最后我选择了汪老师作曲的唐朝诗人王昌龄的作品《从军行》。当天的演出非常成功,大家也都知道了国真老师不仅诗歌写得好,他的作曲也非常专业。

2013年,有一天去先生家,汪老师很开心,说:"培新,前两天习主席开会,引用了我的诗句'没有比脚更长的路,没有比人更高的山'。"汪老师非常开心,自己的诗句被领导人引用,虽然先生的诗早已广为天下知,但是这是一种政治层面上的认可和荣誉,殊为难得!

汪老师那天又送给我一些新出的作品和音乐作品集,我们一起聊了好久,看得出来,先生那天很高兴!

时间来到了2015年,有几个月时间,汪老师很少更新朋友圈,我以为他是因为工作繁忙无暇顾及,却未承想4月底的一天,我正在开车,突然接到我爱人的电话，她心情沉闷地和我说："你知道吗？汪国真老师去世了。"我瞬间踩下了刹车，把车停在路边，心情低落到极点，泪水潸然而下。我不敢相信这是真的，又极度想象着这是一个假消息，我拿出手机拨打先生的电话，汪老师的助手确认了消息的真实性。挂了电话，我定神了许久，脑子里满满的都是和先生交往的点滴，一幕幕浮现眼前。回家后，久久不能平复，写下一篇悼词，边写边落泪。全文如下：

> 痛失汪师！惜哉真兄！与师相识，十载有余。师乃文坛大家，谦和友善，温文儒雅，有唐宋之遗风，君子之玉德！师博学多才，名满天下，诗、书、乐、画，沈博绝丽，丹青妙笔，酣畅淋漓！承蒙不弃，促膝长谈，举茶吟诵，谈古论今。师娓娓细语，惊才风逸，雅人达志，明德惟馨！吾迁新居，挥毫泼墨，慷慨赠匾，此情此景，音容笑貌，宛如昨天，悉记吾心！！怎奈天妒英才，师竟突然撒手尘寰，驾鹤西归，留下高堂白发，弱冠子龄。耄耋老母，悲伤欲绝，捂胸而泣，"国真我儿，再无音信！"见者心碎，闻者伤悲，怎不令人泪满襟！！余痛失博学良师，宽厚长辈，泣下如雨，痛入心脾！怀念，怀念，悲难尽，痛悼，痛悼，哀满心！！人间再无国真君，诗书乐画留美名！！愿君早登极乐界，西方净土早轮回！！！

小弟培新泣泪拜叩
2015.4.27

送别先生的那天，我早早到了八宝山，来送先生的人很多很多，各行各业的人都有，因为他的诗歌影响了太多、太多的人。这是文字的力量，也是永恒的力量。

中国的文学历史上，不缺文豪大家，诗人学者驰骋文字者众多，但我认为，汪先生是众多山峰中那最具风景的一座。细腻时"心晴的时候，雨也是晴；心雨的时候，晴也是雨"，壮阔时"没有比脚更长的路，没有比人更高的山"。

这是汪先生带给我们的心灵深处的温暖和感动，我永远怀念他！

2023 年 6 月 20 日

（沈培新，中共党员。1993 年特招进入中国人民解放军海军军乐团，任演奏员兼独唱演员，随海军舰艇编队出访过三十余个国家和地区，多次立功受奖。第十届中央电视台青年歌手电视大奖赛优秀荧屏奖、北京电视台中国原创歌曲大奖赛三等奖。先后负责海军南海舰队军乐队、东海舰队军乐队、上海基地军乐队、福建基地军乐队的成立、组建和长期教学工作。中国音乐学院高级管乐教师、中国音乐学院考级评委、中国音乐家协会北京管乐协会会员。2015—2019 年南昌国际军乐节导演组成员。2019 年国庆 70 周年庆典第 35 方阵 2019 名行进情景表演方阵《同心追梦》指挥教官暨表演副总指挥）

我心中的汪国真

汪根发

20世纪90年代初,我独自来京闯荡,那时,我知道了汪国真。他的一首《热爱生命》成了我创业的座右铭。

我不去想是否能够成功,既然选择了远方,便只顾风雨兼程……

从此,与那个时代所有的青年一样,汪国真成了我心中的偶像。他的诗激励着我逾越了创业路上一道又一道艰辛的坎坷,让我用坚定的信念迈向远方。

2007年,我的创业已小有所成,在业界站稳了脚跟,时任北京安徽企业商会副会长。11月10日上午,在北京中雅大厦成立了北京汪氏宗亲联谊会,汪江淮将军任名誉会长,汪承兴政委任会长,汪洋任秘书长,我被推任为执行会长。

这一天非常热闹,一百多位在京创业的汪姓同胞会聚一堂,血脉亲情,让大家相见恨晚,畅谈间,情绪高涨,热泪盈眶。汪江淮将军充满激情地说:"以后,不分年龄大小,我们在一起就称本家兄弟。"大家热情地鼓掌。

亲情的力量是巨大的,大家从上午一直欢庆到晚上。大约六点,晚餐开始了,宗亲会刚上任的领导坐在一间大包间。快开饭时,时在中国艺术研究院的知名画家汪易扬大哥说:"留一个空位,过一会汪国真要过来了。"

图1　作者与汪国真合影

我心想，是诗人汪国真吗？

其他的人也有像我一样的想法，有一位本家直白地问道："是写诗的汪国真吗？"

易扬大哥答道："是的，他和我在一个单位，是我特地邀请他过来参加这次有意义的活动。"

我看了一下在场的人的眼神，都有些激动。

就在晚餐快开始时，汪国真推门进来，只见他穿着一件浅灰色大衣，鼻梁上架着一副金丝眼镜，白净的脸庞上露着一份朴实的笑容，腼腆地说："我来晚了。"

大家的目光一下子聚焦到他的身上，我正好坐在他的对面。目视着这位国民诗人，就感觉是一股徐徐的春风拂过了心田，特别地舒服。

承兴会长热情地说："不晚！不晚！你是汪家人的骄傲，也是汪家人的榜样，你能来，大家都很高兴。"

国真显得有些不好意思，羞涩地笑着说："我是汪氏子孙，是晚辈，还得感恩各位长辈关怀、关怀！"

江淮大哥爽快地打破了局面，说："国真你坐下，以后大家都是兄弟！"

国真坐了下来，席间大家推杯换盏，随性而谈，在兴致浓浓处，汪洋秘书长提议让国真给大家朗诵一首诗，大家同时鼓掌欢迎。国真默默站起，面含微笑，用谦和的语言说道："好，我为各位兄弟送上一首《母亲的爱》……我们的爱是溪流，母亲的爱是海洋……我们可以走得很远很远，却总也走不出母亲心灵的广场。"

也许是游子离家太久，也许是此时的亲情太浓，也许是国真的诗写得太好，在一阵沉默过后，大家同时爆发出热烈欢快的掌声。

餐后，我们集体合了影，我与国真个人又合了影，留了电话。当他得知我在马连道有茶庄时，他高兴地说："我俩是邻居，我也住在马连道，兄弟，以后常联系。"

世界真的太大，世界也真的很小，就这样，我和汪国真成了"本家兄弟"。

由于我们住在同一条街，离得很近，自从相识后，接触就比较频繁。有时，国真散步时，就到我的茶庄，喝点茶，聊聊天，渐渐地我们成了好朋友，成了兄弟。

2008年3月中旬，国真来我店品茶，他在店内走了两圈，又到店外看看。我想，国真想干什么呢？他回来落座后说："根发，我给你茶庄题块匾吧！"我惊喜地说："好啊！求之不得啊！"过了两天，他亲自将"信裕泰茶庄"题字送到了我的茶庄，认真地对我说："我可是写了好几张，这张是我认为最好的，你可要保存好！"我连忙说："肯定！肯定！"第二天，我就到琉璃厂，找到做门匾做得最好的老字号店去做匾。大约过了半个月，匾做好了，挂上了门头。我邀国真过来，他虽很忙，还是立即赶过来，仔细看了又看，很满意地说："匾做得不错，字表现得很真实！"

自从我的茶庄挂上国真题字的匾额后，我的"麻烦"就大了，不管是熟人还是生人，总会问："你与汪国真认识吗？"我时时会借国真抬高自己来回答："我们是本家兄弟！"

2008年9月，我有一位学佛的好朋友到我茶庄品茶，他忽然对我说："汪师兄，我有一件事想求你帮帮忙。"我说："好啊，什么事？"他说："你跟国真是兄弟，我想请汪国真给我恭写一幅'阿弥陀佛'的书法，挂在家里。"我说："好吧！"同时我想，我也是学佛的人，我也想要一幅。于是，我立即给国真通了电话，跟他说想让他帮写两幅"阿弥陀佛"，国真爽快地答应了。

第二天中午，国真把写好的两幅"阿弥陀佛"书法送到茶庄，我展开一看，字体清秀、飘逸、灵动，透过字体，就知道国真的心是多么干净。我非常满意。按照约定，我送朋友一幅，自己留下一幅。

2009年年初，我的一位好朋友经过我收藏了几幅汪国真的书法。恰巧，他隔壁的一位下岗女工是汪国真的铁杆粉丝，看到国真的书法后，非常想得一幅汪国真墨宝。但是，她拿不出钱，朋友电话将此事告诉了我。有一天，国真又来店里喝茶聊天，我把那位下岗女工粉丝想要他一幅墨宝的故事讲给他听，国真略沉思了一会说："既然她那么喜欢，那就送她一幅吧！"过了几天，国真将写好的一幅书法作品给了我，我寄给了朋友，朋友回话说，那位下岗女工收到墨宝后，哭得像个泪人。这件事虽小，却让我对国真有了仰视，他同情弱者，他尊重读者，他真的不愧为一位民众诗人。

2009年6月，我家重新装修，我电话告诉国真："我想请你给我写一幅大的中堂，文字就用你的《热爱生命》。"他高兴地说："老弟家的中

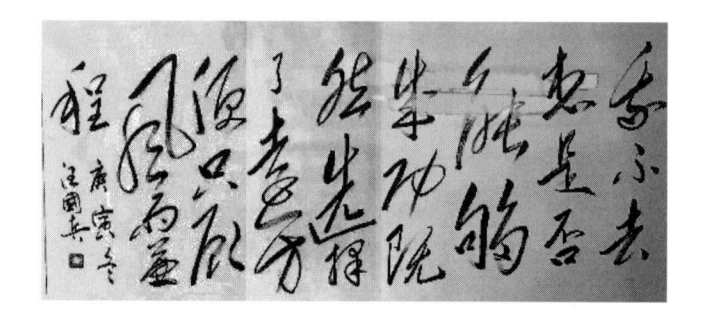

图 2　汪国真赠给本家老弟汪根发的书法作品

堂，我一定写好！"

过了一星期，一幅精美的丈二大作送到了我们手里。我有些激动，除了感激，我给国真送去了一批藏茶。国真说："不用客气，只要是兄弟的事，都好说！"

在当今这个时代，国真依然守着那传统的友悌之情。

2010年3月，春姑娘踏着脚步来临，在这美丽的季节里，北京八大处领导一行，来到我茶庄。同样，看到汪国真的题匾，他们都是汪国真的铁粉，得知我和汪国真的关系后，他们想让我约汪国真到八大处龙泉茶社去品茶，然后，写一些关于龙泉茶社的诗。我把他们的意思告诉了国真，想不到国真愉快地答应了。

过了几天，我和国真一行五人，应邀去了八大处。八大处准备专门团队欢迎接待，还有专人摄影，品完龙泉水泡的茶，又到二处吃了素餐。这一天，国真非常开心，他说："没有想到，龙泉水那么甘甜。二处素餐，是那么地好吃。"

临行前，他又爽快地答应了龙泉茶社领导的请求，给龙泉茶社题匾，给千年"龙泉"题名。

如今，八大处五处广场大石头上飞舞的"龙泉"二字已成为众多游客留影的一道风景。"龙泉茶社"的匾额，已成为茶客们缅怀汪国真的

图3　汪国真给八大处五处"龙泉"题名

象征。

因为，汪国真无私的品格，五处留下了他永恒的墨迹。

泰安开茶店的聂总是汪国真的粉丝，大约2010年的8月中旬，他通过本家汪宗华在国真处收藏了一幅书法，当他裱好挂在茶店时，当地好多国真的粉丝都很羡慕。聂总于是与宗华本家联系，能不能邀请汪国真去一趟泰安，见见他的粉丝们，顺便游游泰山。在宗华大哥的劝说下，国真碍于情面，于是邀我、汪洋同宗华大哥一道，去了泰安。

中午，我们到了聂总的茶店，聂总十分热情地招待，由我泡茶，国真坐在我对面。不一会儿，有粉丝陆续到了。其中有一位男性粉丝，三十多岁，胸前挂着一台相机，见到国真后，细细打量一番，有些激动地说："你真的是汪国真老师吗？"国真率真地笑着说："是真的！"说完，那位男性粉丝就出门打电话去了。

在与众多粉丝交流签名约一个小时后，那位出门的男性粉丝带来了四五个干部模样的人。他们一进门，就热情地向国真介绍说，他们是泰安市文化局的，刚才那位男性粉丝是泰安电视台的记者，他把汪国真来泰安的情况上报给了市里，市领导非常重视，特地安排文化局领导前来与汪国真见面，并安排接待汪国真一行。

在他们精心周到的安排下，我们一行人被安排到了泰安宾馆。当我们到达泰安宾馆时，宾馆的大门上已经挂了一条长长的红条幅，上面写着"热烈欢迎著名诗人汪国真莅临泰安"。我一看这阵势，心想，国真真的是民众心中的偶像，了不起！

到宾馆休息了一会儿，文化局领导安排来两辆车，他们陪汪国真和我们一起游览了泰山美妙的景观。可惜的是，国真当时激情吟诵的几首诗没有记录下来，就只能让它们留在泰山之顶。

下山回到宾馆，市里分管文化的领导早已率领文化交流团队在宾馆会议厅等候，并安排了丰盛的晚宴。宴会上，大家畅谈对汪国真诗歌的感想，叙述着年轻的时代，枕头底下是汪国真诗集彻夜伴眠，遇到艰难坎坷时，又是汪国真的诗激励着他们跨越了风浪。餐间，大家一致要求汪国真朗诵一首自己的诗。国真高兴地站起来，用激昂的声音朗诵着他的《感谢》："让我怎样感谢你，当我走向你的时候，我原想收获一缕春风，你却给了我整个春天……"又是一阵雷鸣般的掌声，然后，国真给到会的嘉宾一一签名留念，大家都很高兴。

用餐完毕，又举行了一个简短的学术交流会，大家都请教汪国真怎样写出好诗。国真说："写诗要有文化积累，要有生活经历，要站在读者的立场，把深刻的道理，用最简单直白的语言、优美的意境表现出来。"大家听后，感到茅塞顿开，觉得受益匪浅。

快到晚上11点了，大家才依依不舍地散去。

第二天早上8点，市里分管文化的领导和工作人员来宾馆为汪国真送行，派车将我们热情地送到火车站。

当天的本地日报，报道汪国真去泰山一行。

汪国真，真不愧为人民大众所深爱的诗人，是永远褪不去的国民偶像。汪国真的诗歌镌刻在一代又一代中国民众的心里，是中国诗歌史上一座不朽的丰碑。

2011年10月某日，我老家安徽省池州市地方志编纂委员会编了一部《池州创业名人》，我也名列其中，主编是汪国真的崇拜者。当他看到我照片上的茶庄匾额是汪国真题的，并且我也姓汪，他好像有些联想。于是，他给我打来电话，得知我与国真的关系后，他坚决地说："汪国真是我们这一代人的偶像，他的诗激发了我们这一代人火热的生命，《池州创业名人》不管花什么样的代价，也要得到汪国真老师的题词。"他千叮万嘱我一定要办到！我立即把主编的要求告诉了国真，国真说他马上要去出差，告诉我在茶庄对面等他，路过时，他把题词给了我，我记得题字内容为：创业让人生更加精彩。

这就是汪国真，总是把别人对他的爱成百倍地还给爱他的人。

国真的名气很大，但在生活细节上，他一直都非常严谨自律。

记得2013年2月某天上午，国真突然给我来电话说，让我陪他去会一下他的一位粉丝。过了一会儿，他就开车到了我茶庄门口。我上了车，开了一阵子，到了钓鱼台国宾馆，前来迎接他的是一位十分优雅漂亮的南方姑娘，国真向这位美丽的姑娘介绍了我。姑娘在钓鱼台国宾馆租了一块很大的地方，做了个紫檀博物馆。她与国真认识好几年了，特别崇拜国真的诗，因为她自己常常写诗，约了国真好长时间，因国真太忙了，今天抽了个空，特地带上我，见了个面。姑娘请教了国真许多关于写诗的学问，中午，大家在一起吃了一个便饭。

临走时，姑娘送给国真和我每人一尊紫檀的弥勒菩萨雕像，我至今都当成圣品供养。

国真对热爱诗歌的人，一直非常热情。

2013年8月下旬，经我介绍，《中华合作时报·茶周刊》主办的"2013首届文学与摄影故事作品大赛"诗歌类作品，邀请汪国真作为主评委。国真真的是太忙了，但还是挤出一上午时间出席了，他认真细致地点评一篇篇普通作者的文章，并建议了名次。

汪国真就是这样平易近人的著名诗人。

国真心胸坦荡开阔，对人真诚包容，处事务实严谨。我的性格直爽率真，所以从相识后我们就渐渐成了无话不谈的知心朋友。

国真也有烦心的时候，有时他主动到我茶庄来品茶聊天，有时他邀我去他家品茶聊天，倾诉着他心里的那点不愉快。说完了，一会儿又爽朗地笑起来，就像什么事也没有发生一样。

他非常欣赏我的茶道，夸我泡的茶喝得很舒畅。他对我说："在未认识你之前，我不怎么喝茶，与你接触后，觉得品茶是件很有意义的事，有时间，我要好好地跟你学习茶道，要把你的茶道推广出去。"

我说："好啊！我教你茶道，你教我写诗，以后，借你的光，我们合作出版茶文化诗集。"

国真说："你这个创意很好！"

我问国真："你的诗为什么写得那么好，有什么写作的技巧吗？"

一谈到诗，国真似乎变得很认真。他严肃地说："我的父母是传统的知识分子，家教很严，从小就受到传统文化的熏陶，爱读古诗词。从小学到初中，再到工厂学徒，都是在激情的红色岁月中度过。文学艺术是为人民群众服务的，在我心中扎下了根，成了我一生的坚守。上大学时，又涉猎了西方哲学及像普希金、狄金森等人的诗，开阔了眼界，深受启发。开始写诗的时候，没有想许多，就只是爱好，发出的稿件，几乎全部退回。我陷入了忧郁，我自己认为很好的诗，却不知为什么不被采纳。直到有一天，我问我的一位好友，他真诚地告诉我说：'国真，你的诗写得非常好，但你写的是自己，别人看不懂！'在深刻反思后，于是，我改变了写作的心态。站在广大群众的角度，将深刻的道理，用最直白易懂的语言，塑造大众都能感受到的意境，与普通大众的心灵产生共鸣。渐渐地，我的诗从小众到大众，一发不可收拾，在全国形成了'汪国真现象'的诗潮。"

我笑着说："国真，今天你教我写诗，改天，我教你茶道！"

过了几天，我给国真送去一套茶具和几罐茶，他很高兴，送给我两幅书法作品。这时他正在给别人谱写一首曲子，他兴奋地对我说："若干年后，人们喜欢我的音乐，会胜过喜欢我的诗歌。"此时，我也很认真地反驳道："国真，我觉得你这句话有些欠妥。我认为，你就是为诗歌而来，你的书法、你的绘画、你的歌词、你的音乐，其实，只不过是换个形式在写诗，它们的灵魂还是诗。"

国真好像陷入了沉思，脸上没有了往日聊天时的朗朗笑容，过了好长时间，他慢慢地说道："根发，你看问题，还是很深邃的，我细想，你说得很有道理。"

有一段时间，我身体有些不适，在家休养，每天创作一两首诗，集了三十多篇，我带给国真。国真认真地帮我分析指点，我知道，我还没有进入诗歌的大门。国真对我其中的一首写祭祖的诗倍加赞赏，他鼓励我说："根发，你传统文化根底深厚，又研究茶文化多年，你只要站在读者立场，用真诚的心，坚持写下去，一定会写出好诗来。"

无论什么时候，国真总是给人带来积极向上的奋发精神，激励他人坚守信念向远方前进。

直到今天，我一直坚守着国真对我的鼓励，坚持不懈地每天创作一两首诗。

有一天，有一位居住在美国的本家来京，请宗亲聚会，她也是一名作家，点名要见汪国真。席间，她大谈在美国的优越感，大家都附和着，唯有国真沉默不语，静静地品着菜肴。

回来的路上，国真开车带着我，我无意识地问道："国真，现在稍有名气的人都往国外跑，你没有考虑过吗？"国真不屑一顾地说："我是个极普通的人，因为诗歌让我成名，而我的诗之所以能打动那么多人，是因为我诗里倾注了对祖国深深的眷恋之情。没有祖国，我什么也不是，不管我再怎么有名，也不管我多么富有，我不会走出国门一步。因为，我的心里装着祖国，装着人民。"

我一下子惊呆了，没有想到的是，我这不经意间的一问，却引起一向文质彬彬的汪国真心中的愤慨。顷刻间，我的心灵也在颤抖，又一次深刻地认识了汪国真，你是中国人民最优秀的儿子。

2015年1月28日晚，广东来了几位宗亲，要见国真。国真出差在外，很晚才到京，出于亲情，他拖着疲惫的身体，开车过来参加了聚会。他带来几套书，签名送给远来的宗亲。席间，他看上去有些累，但情绪却非常高昂。他兴奋地告诉大家一个好消息，国家领导人在公开场合朗诵了他的诗句，"没有比脚更长的路，没有比人更高的山"。在座的人都很激动，都向国真祝贺。国真也不推辞，他真的很高兴、很开心，也很满足。

回家的路上，他开着新换的车，带着我，意味深长地跟我说："根发，其实我没有做出什么，而社会却给了我很多，我总觉得应该给社会再做些什么。"

我憋了很久，慢慢地答道："我觉得还是升华你的诗歌，引导大众走向更高的层次，因为，时代急切需要你的新诗歌。"

国真沉默地开着车，虽没有回答，但从他的眼眸中，我看到了他心里的认可。

2015年3月初，汪洋给我打电话，告诉我一个晴天霹雳般的坏消息，国真病了，而且是癌症晚期。我顿时惊呆了，怎么可能，一个月前，他还是那样的意气风发。

4月14日晚，经过国真同意，我和汪洋，在国真妹妹玉华的引领下，到医院看望国真。当时，他的儿子也在场。国真一见我们，立即从病床下来，虽然瘦了很多，但依然充满了笑容，我们安慰他安心养病，他连声说："没事，没事，我会好起来的！"

看着国真坚强的样子，我感到欣慰，我笑着说："我们还等着你写出更精彩的诗歌呢！"

他说："没问题！"

见国真高兴，我又说："国真大哥，你还记得你给我写过两幅'阿弥陀佛'书法吗？"他笑着回答："记得，当然记得！"我说："从现在开始，你就默念南无阿弥陀佛。"

国真笑着点头说："好，好，我念！"

4月26日上午8点，汪洋给我来电，说国真在凌晨两点十分安详地走了。我的眼泪唰唰往下流，喉咙哽咽着。国真，我真的希望这消息是假的，我愿看到你从医院健康地归来，听你那朗朗的笑声，再读你更新的诗魂。

4月30日上午，在北京八宝山殡仪馆举行了汪国真遗体告别仪式，来了很多很多热爱汪国真的人。大家悲痛万分，悲痛一代诗仙瞬间陨落，悲痛国民诗风几时能兴。有几位读者，站在风中，含着泪花，举着条幅，上面写道："中国诗史，怎么也绕不过汪国真！"

是的，汪国真走了，但他的诗魂永存。

有些人的诗，在文人墨客的文章里。

有些人的诗，在青年学子的书包里。

有些人的诗，厚厚地压在自己的书房里。

汪国真的诗，活在千千万万普通人的生活里。

时代需要汪国真，人类需要汪国真，时代和人类，需要的不是汪国真这个人，而是需要将深刻的道理，用简单直白的艺术语言、优美的意境，去触动普通大众心灵的一种通俗易懂的文学方式，也可以称为：汪国真文学流派。

如果说，文化的归宿是彼岸，那么，汪国真文学流派是把人们引到渡口的一群人。

汪国真走了，但千千万万个汪国真一定会来！

2023年4月20日于北京

（汪根发，著名茶文化学者。现为国家高级茶道养生师、国际茶道专家，国家高级评茶师、国家高级茶艺技师、国家茶艺师高级培训师、高级考评员，国家评茶师高级培训师、高级考评员。现任中国先秦史学会周公思想文化研究会副会长）

回忆诗人汪国真

张亚丽

2023年12月5日，我受邀去参加著名诗人汪国真生前供职的中国艺术研究院举办的"汪国真作品研讨会"，不禁想起汪国真老师离开我们已经8年多了。记得当时我正在中央党校参加为期两个月的培训班，一个难得的阳光灿烂的周日上午（经查是2015年4月26日），手机突然响个不停，短信、电话都在向我求证一个噩耗：著名诗人汪国真去世了，是真的吗？

我心情沉重，同时怀着一丝希望地打电话给汪国真的妹妹汪玉华。她告诉我是真的，凌晨两点多走的，告别会定于4月30日上午8时。悲痛瞬间袭来，我简直不能相信……不禁埋怨他妹妹，上周应该让我去看望汪老师的呀！说好了去看他，又突然发短信说排不开，让我再等一下，这一等竟然阴阳两隔！

记得2015年春节后我和汪老师还通过话。当时中国作家协会要办一个中国诗歌网站，网站负责人请我联系采访他。也是一个周末，电话通了后，听出来汪老师心情很愉快，他说刚出差回来，答应第二天下午受访，还问我是否也过去。我告诉他，明天我有事就不去了，并催促他新的书稿尽快整理，我近期找时间去拿稿子。2010年，我联系他在作家出版社出版了"汪国真经典代表作"系列两本，这几年他又写了不少，我请他整理再出一本。他说已经快好了，哪天约我过去签合同。电话中他还谈到在济南、上海又开办了两家"汪国真工作室"，邀请我们作家出版社和《作家文摘》报（当时我兼任《作家文摘》报总编）的同志去参观，并可在那里办活动。

那天电话中，他爽朗亲切的笑声今日仍犹在耳，但那是我们最后一次通话！那次通话后，我一直没收到他要我过去签合同的邀请，也没收到他新诗集的稿子。大概过了一个多月，我收到他关于"汪国真经典代表作"系列图书的续签合同快递，但没有我要的新诗集稿子。合同上是他签的字，但信封不是他写的。我觉得蹊跷，打电话过去，怎么也打不通，过了几天又发短信给他，也不见回。想着他也许忙，忘记回了，就没太在意。直到后来我接到他妹妹的电话才知原委，汪老师肝癌晚期已经住院一段时间了！我听后一惊，马上提出去看望他，就出现了前面谈到的先是约好了时间，后又说再等等的情况，结果就没能见到。真后悔那次中国诗歌网采访他时我没跟过去。

20世纪八九十年代，汪国真的诗作曾经风行一时，"汪国真热"成为新中国成立几十年来最轰动的"诗歌文化事件"。20世纪80年代，他的诗歌先是以手抄本的形式在学生中流传，1990年开始结集出版。《年轻的潮》《年轻的风》《年轻的思绪》《年轻的潇洒》等诗集在1990年一年内相继问世，人们彻夜排队抢购他的新书。人们称那一年为"汪国真年"。

汪国真的诗歌主题积极向上，语言简洁，富有力量，既明白晓畅、优美动人，又内涵丰富、思想深刻。如《热爱生命》《我微笑着走向生活》《旅程》等，充满了深刻的思考和感悟。他站在人生的更高层次俯视现实，表达了人们对生命、爱情、人生等永恒主题上下求索之后达到的超然、豁达的人生态度，这是一种既昂扬又恬淡的"汪国真式的人生态度"。"我不去想是否能够成功，既然选择了远方，便只顾风雨兼程"，"没有比脚更长的路，没有比人更高的山"……这些清新隽永、富有穿透力的佳句成为那一代人的青春记忆。

但从出版角度而言，从1990年汪国真出版第一本诗集开始，盗版书、盗名诗就不断，市场上缺乏一个权威、经典的汪国真诗集版本。2009年春，为纪念台湾著名诗人席慕蓉进行"原乡书写"散文20周年，我在作家出版社策划出版了"席慕蓉原乡书写精品"丛书，反响很好。夏天的时候席慕蓉来北京做活动，我们邀请汪国真与她对谈。我想到2010年距汪国真的成名作《年轻的潮》出版也是20周年，就提出希望把他所写的诗词重新整理编选，出版一部比较全面、经典的汪国真代表作。他很是赞同，就邀请我去他的工作室专门谈。他的工作室在马连道附近，我过去时他已经摆满了一沙发各种版本的盗版书给我看。他告诉我，多年来他的诗歌盗版不断，错误百出，让他颇为困扰。他拿出一本将他的名字写成"江同真"的书让我看，三个字写错了两个，真是让人哭笑不得。可以想象里面的内容会是怎样的粗陋，这样的版本给青少年朋友看，会造成多大的危害。他希望在作家出版社出版一个可靠权威的版本。

我们的想法不谋而合，但是这个正版如何编选又是一个费思量的事。汪国真多才多艺，除了诗歌，其散文、书法、绘画、古诗词、音乐样样拿得起。当时市面上流通的他的书大多是所谓"诗文精选"类的，并没有一个能全面概括汪国真诗歌及其才能全貌的图书版本，功利性、快餐性很强，系统性、条理性不足。作为出版者，我们应该力戒浮躁，对于作者和作品要有规划，应做扎实系统的开发工作，深入挖掘其潜力。有了这个想法，我就和汪老师商量，针对他多方面的才能和成就，我们希望整合资源，有步骤、有计划地推介营销他的作品，将每一项工作都做透做实。首先就是在2010年"汪国真热"20周年之际，整理出版其创作的所有精彩诗歌，同时展现其他才艺，加大宣传营销，然后再陆续推出

图1　2010年，汪国真在作家出版社签名售书

图2　2010年，汪国真与张亚丽在作家出版社签售新书

其他作品。我们相信，他的诗不仅能鼓舞激励上一代人，对于在物质泛滥年代遭遇精神迷茫的当今青年也具有心灵抚慰和指导的意义。

汪老师非常赞同这种思路。2010年4月，作家出版社将他的代表作分为早期和近期两部分推出，分别以《汪国真经典代表作Ⅰ》《汪国真经典代表作Ⅱ》为书名。《汪国真经典代表作Ⅰ》包含其早期代表作《年轻的潮》《年轻的风》《年轻的思绪》三本小册子，《汪国真经典代表作Ⅱ》是截至2009年之前所有诗歌的一次精选集合。这套书制作上选择了小巧的开本，精致而轻盈，类似于口袋书，随时随地可以朗读和记诵，时尚又方便。封面采用经典的黑白配，隽永醒目。内容编排按时间顺序，便于查阅，具有较好的资料性。另外，为了使读者全面感受汪国真的艺术才华，本书还附有精美的册页以介绍汪国真的书法、绘画作品，并分别附赠由汪国真作曲的歌曲和乐曲作品光盘。

图书出版后汪老师很满意，经常向外推介这个版本。最近他的胞妹汪玉华告诉我："所有他的诗集，我哥认为最好的就是你于2010年策划出版的那套书，能更准确地表达他的意思。这是他亲口跟我说的，我一直记在心里。"作为干了二三十年的文学编辑，我知道这是汪老师和玉华姐对我的谬赞，心里既感激又惶恐，但同时也有一种作为职业人的自豪和欣慰。2017年，作家出版社在汪玉华的帮助下，将他在2015年没能整理完成的新作（2009—2015年创作的）作为《汪国真经典代表作（Ⅲ）》收录进来，又出版了这套书的精装本。这套书得到读者持久广泛的欢迎，一直到现在每年都还会加印。

2023年1月，作家出版社又推出了《风雨兼程：汪国真诗文全集》。这部全集是汪玉华自2016年以来花费大量精力，历时数年整理而成，对于汪国真作品的爱好者和研究者具有重要的资料价值和收藏价值。全集共两册，分七部分，包含现代诗、古体诗词、采访点评、歌词、哲思短语、散文杂文、小说。汪玉华为寄托她对胞兄的思念及敬意，还亲自绘制了汪国真的肖像放在这套书的封面。了解情况的人都知道，汪国真去世8年多以来，汪玉华一直全心致力于哥哥的事业。有这么一个好妹妹，汪老师九泉之下一定会很欣慰吧！

对于诗界有些人的批评，汪国真很有气度，谦虚平和，微笑以待，但他同时有着自己的艺术主张和坚持。2014年6月，他在接受《作家文摘》采访时，毫不讳言他的通俗化诗风。他说不同时代的作者有着不同的诗风，他要坚持这种笼罩着诗意的通俗。他认为好的诗歌应该具有三个共同的特点，即表现上通俗易懂，情感上能引起广泛共鸣，内容上蕴含丰富。他称其创作得益于四个人：李商隐、李清照、普希金、狄金森。他追求普希金的抒情、狄金森的凝练、李商隐的警策、李清照的清丽。他还向读者透露了他的创作秘籍：大量阅读中国古典诗词，学习借鉴古典诗词的创作风格和创作手法，力争每一首诗中都要写出一些令人记忆深刻的诗句。我们由此可知，汪国真的诗歌之所以具有清新的意境、明

图3　2017年及2023年出版的《汪国真诗文全集》

快的语言，就是将中国传统诗歌的韵律美和现代新诗的口语化进行了完美的结合。他这种通俗是建立在深厚的古典文学功底上的，是大家才能达到的效果。

　　与汪国真交往多年，我的感觉和许多接触过他的人一样，他虽然名满天下，粉丝无数，但是十分真诚纯朴、温厚儒雅，浓郁的书卷气中带着几分孩童般的天真。他的多才多艺同样令人惊讶钦佩，他不仅是一位诗人，也是一位画家、书法家、音乐家，同时还是一位科普达人。多年来的合作，我的很多同事也跟着认识了他，他的平易善良深受同事们喜爱，单位一办活动就想起他。2013年，《作家文摘》创刊20周年，我们请他题词，他欣然写下"博观而约取，厚积而薄发"的书法贺词，龙飞凤舞，别具风格。有一次年底办读者抽奖活动贺岁，一等奖想不起有什么惊艳的奖品可以吸引读者，编辑们又想起他来"救场"，让他赞助书法作品，一下子要了三幅，简直有点"耍赖"，但他也不以为忤，善解人意地一笑，慷慨答应。在名人都拿自己的毛笔字去变现的当下，这种慷慨足见他的宽厚不俗。如今想起，无限的感激只能化作深深的怀念……

2023 年 12 月 16 日于北京

（张亚丽，编审，现任作家出版社总编辑。中国出版政府奖优秀出版人物、全国新闻出版行业领军人物。曾任《作家文摘》总编、《中国校园文学》杂志主编。编辑出版了许多著名作家的代表性作品，所责编图书曾多次获得茅盾文学奖、中国出版政府奖、"五个一工程"奖、"三个一百"原创图书出版工程奖等）

永恒的诗意

——忆汪国真老师

李琪明

在岁月的长河中，有些人如璀璨的流星，短暂地划过夜空，却留下了耀眼的光芒。汪国真老师，便是这样一颗照亮了无数人心灵的夜星。

回忆与汪国真老师相识相知的那些日子，仿佛是翻阅一本珍贵的相册，每一页都承载着温暖、感动与深深的敬意。

初识似重逢

初识汪国真老师是在 2012 年 7 月，炎热的夏日并没有削弱文化交流的热情。在朋友的热心介绍下，汪国真老师即将莅临常州横山博物馆参观。得知这一消息，我内心充满了无限的欣喜与激动。

在那个文化交流渠道相对闭塞的年代，汪国真老师的诗歌犹如一股清泉，流淌在我们青春的岁月里。他的诗歌在同学之间被争相传阅，那些优美的诗句，像是心灵的密码，解开了我们年轻时懵懂而又炽热的情感。我们用他的诗歌交流心得，分享着成长中的喜怒哀乐，他那"没有比脚更长的路，没有比人更高的山"的诗句，激励着我们勇往直前，不惧艰难险阻。每一次诵读，仿佛是与一位知心朋友的倾心交谈……

终于能见到汪国真老师本人了！那一刻，他身上散发着的儒雅气质，眼中透露出的智慧光芒，让我瞬间明白了为何他的诗歌能够如此打动人

图 1　作者与汪国真合影

心。初次见面，却有一种似曾相识的亲切感，仿佛我们是久别重逢的老朋友。

还是那年的金秋时节，汪老师受南通市政府的邀请去作讲座，他诚挚地邀我同行。那是我们第二次见面，也有了更加深入交流的契机。在与汪老师的相处中，我被他对文化艺术的深刻见解和不懈追求深深折服。

同年，在我们的共同努力下，11 月 28 日"汪国真书画作品展"开幕式在常州横山博物馆隆重举行，博物馆二层的展厅里展出了汪老师最新创作的 36 幅书画作品。时任常州市委常委、宣传部部长的徐缨女士参加了此次展览的开幕式。

是朋友，更似人生导师

人生中总有一些瞬间不经意间成了永恒的珍藏。

2012 年，汪国真老师送我一幅写着"时艰玉可作石，秋来叶能当花"的墨宝。当我双手接过墨宝时，我的心瞬间被巨大的喜悦和激动填满。

那一刻，周围的一切都变得模糊，唯有那幅墨宝在眼前熠熠生辉。我能感受到自己的双手在微微颤抖，那不仅仅是因为激动，更是因为深知这幅墨宝所承载的重量。这简单的几个字，蕴含着汪国真老师对生活、对时间的深刻洞察和独特感悟。望着那苍劲有力的字迹，我的心情犹如汹涌澎湃的海浪。激动，是因为这是出自汪国真老师之手，是他的心血与智慧的结晶；兴奋，是因为这份珍贵的礼物是对我的一种认可和鼓励；感恩，是感激汪国真老师愿意将他的艺术精髓与我分享。那一刻，我能感受到他内心深处的宁静与力量。这幅墨宝，不仅仅是一幅书法作品，更是汪国真老师精神世界的一个窗口。即使到现在，我仍能透过它感受与汪老师在进行一场跨越时空的心灵对话。每每看到它，内心都会涌起无尽的温暖和力量。它时刻提醒着我，要像汪国真老师所期许的那样，

图2　汪国真先生在书画展开幕式上致辞

珍惜时间，善于发现生活中的美好，即便在凋零的秋季，也能从落叶中看到如花般的绚烂。这幅墨宝，是我与汪国真老师之间的情感纽带，是我心灵深处永远的灯塔，它让我在漫长的人生道路上，永远怀揣对美好和真理的追求。

在与汪国真老师接触的日子里，我深切地感受到了他的多才多艺。他不仅在诗歌领域取得了令人瞩目的成就，在书法艺术上展现出了非凡的造诣，他还为400首古诗词谱了曲，每一首都蕴含着深厚的文化底蕴和独特的艺术魅力。他的书法作品更是成了国礼，彰显了中华文化的博大精深。

在交流中，我向汪老师表达了自己心中的愿望——希望能够建立一个汪国真艺术馆，让更多的人能够领略到他诗歌的魅力。令我感到意外的是，汪老师对这个想法给予了极大的支持和肯定。经过深入的探讨，我们共同签署了一份意义深远的协议，决定打造一个集美术、诗歌、舞蹈、剧场、演艺为一体的文化产业园区，协议期限长达50年。当时，我们还笑谈，也许到那时，我们都已不在人世了，这份文化传承还将会永远延续下去。

然而，命运无常。2015年4月26日，那是一个令我永生难忘的日子。当时，我正在外地出差，突然得知汪老师离世的噩耗。那一刻，我不敢相信这一残酷的事实。我呆呆地站在原地，思绪陷入了混乱，心中充满了震惊和无尽的悲痛。2015年4月26日，那是一个黑暗的日子，天空仿佛为汪老师的离去而落泪。"只要热爱生命，一切都在意料中。"汪老师用他的诗句诠释对生活的热爱，可他却如此匆匆地离开了我们。

我怀着悲痛的心情，迈着沉重的脚步慢慢地走进灵堂。望着汪老师安静地躺在那里，我再也无法抑制住内心的情感，泪水模糊了双眼。悲伤在心中交织，感慨命运的不公，为何要如此匆忙地带走这样一位伟大的诗人！我恨这无情的病魔，它如此残忍地夺走了汪老师的生命，让他的声音在这世间戛然而止。我悲感这突然的离别，再没机会与汪老师促膝长谈、再次感受他的鼓励和指引。

兑现诺言，犹如惊鸿照影

为了完成与汪国真老师的约定，在我及朋友们的共同努力下，2015年12月"汪国真艺术馆"正式挂牌。

踏入汪国真艺术馆的那一刻，目光首先被墙壁两侧悬挂着的照片吸引。那是汪国真老师曾经来常州参加活动的珍贵瞬间，每一张照片都仿佛在诉说着那段动人的故事。照片中的他，或微笑着与人们交流，或专注地欣赏着风景，或激情澎湃地在舞台上演讲。透过这些照片，仿佛能感受到他当时的心情，也能触摸到那些已经远去却又令人难以忘怀的时光。继续往里走，展览的核心区域展示着汪国真老师的数十幅书画作品。那些笔墨之间，流淌着他的才情与智慧，每一笔每一画都饱含着他对生活、对艺术的深刻理解和热爱。有的作品刚劲有力，展现出他坚定的内心世界；有的作品则温婉细腻，透露出他柔情的一面。站在这些作品前，仿佛能与汪国真老师进行一场跨越时空的对话，倾听他内心深处的声音。

而此时，耳边传来汪国真老师的音乐。那悠扬的旋律如同轻柔的风，拂过心灵的每一个角落，带来一种难以言喻的宁静与享受。音乐与书画相互交融，营造出一种独特的艺术氛围，让人沉醉其中，忘却了外界的喧嚣与纷扰。在这个展厅里，时间仿佛静止，一切都变得如此纯粹和美好。这里不仅仅是一个展示艺术作品的空间，更是一座纪念汪国真老师

图3 汪国真艺术馆

的精神殿堂,让每一个走进来的人,都能感受到他的艺术魅力和人格力量,都能在心灵的深处留下一份永恒的感动和温暖。

正是从那时起,每年都有许多汪国真老师的粉丝从四面八方赶来。那些充满诗意与艺术感染力的作品,吸引了众多艺术爱好者和粉丝的目光。他们在一幅幅作品前驻足凝望,感受着汪老师通过笔墨所传达的情感和思想。这些汪国真老师的书画作品和音乐作品见证了那段珍贵的历史,也见证了汪老师对艺术的热爱和奉献。每当我走进这个展览厅,仿佛都能感受到汪老师的存在,他的精神仿佛在每一幅作品中、每一首音乐中延续着。

故人已去,思念永存

由于和汪老师深厚的交情,我时常缅怀汪国真老师。2015年,为了永远纪念这位伟大的诗人，我心中曾萌生出一个设想——打造一个汪国真诗文的碑林，让汪国真老师的诗歌在时光的长河中永远照亮人们的心灵。

我希望这片碑林能坐落于一处宁静而优美的地方，或许是在青山绿水之间，或许是在城市的文化公园里。当人们踏入这片区域，便能感受到一种与众不同的诗意氛围。碑林的入口，将矗立一座宏伟的石碑，上面镌刻着汪国真老师的肖像以及他对诗歌、对生活的深刻见解。沿着蜿蜒的小径前行，两侧散落着形态各异、材质不同的石碑：有的石碑高大雄伟，以庄重的字体刻下他那些脍炙人口的经典诗篇，如"没有比脚更长的路，没有比人更高的山"；有的石碑小巧玲珑，以细腻的笔触书写着他那些充满温情与哲理的短句，让人在不经意间便能感受到心灵的触动。每一块石碑都经过精心雕琢，不仅体现出诗歌的文字之美，更与周围的自然环境融为一体。在阳光的照耀下，石碑上的文字熠熠生辉；在微风的吹拂中，仿佛能听到诗句在轻轻吟唱。碑林里还将设置一些休息区域，让人们可以坐下来，静静地品味这些诗歌。也许会有一个小亭子，里面摆放着汪国真老师的诗集，供人们翻阅；也许会有一条长椅，让人在欣赏诗歌的同时，也能欣赏到周围的美景。在碑林的中心，将建造一个圆形的广场，用于举办诗歌朗诵会和文化交流活动。每逢汪国真老师的诞辰或纪念日，人们可以聚集在这里，共同诵读他的诗歌，分享他的故事，让他的诗歌精神在人们的心中永远传承。我设想中的这个汪国真诗歌碑林，不仅仅是一个纪念的场所，更是一个文化的地标，一个能让人们在喧嚣的世界中找到内心宁静和力量的精神家园。希望通过这样的方式，让汪国真老师的诗歌永远流传，让他的智慧和情感永远陪伴着我们。但愿在我的有生之年能实现这一夙愿。

回想起与汪老师相处的点点滴滴，他的音容笑貌仿佛就在眼前。他那温暖的笑容、鼓励的话语，以及对艺术的执着追求，都成了我心中永恒的记忆。汪老师的离去，是中国文化界的重大损失，但他留下的精神财富将永远指引着我们前行的道路。他的诗歌，将继续激励着一代又一代的年轻人勇敢地追求梦想，坚定地面对生活中的挑战。

每每回忆与汪国真老师的交往过程，我深感自己是如此的幸运，能够和这样一位伟大的诗人、艺术家有过交集。他的影响不仅仅在于他的作品，更在于他的人格魅力和对艺术的纯粹追求。

如今，汪老师已经离开我们近10年了，但他的诗歌和艺术成就永远不会被遗忘。他的作品将永远流传下去，激励着更多的人去追求真、善、美，去勇敢地表达自己的情感，去用诗意的眼光看待这个世界。

汪老师，您虽然已经远去，但您的精神永远活在我们心中。愿您在天堂继续书写您的诗意人生，而我们，将在这片您热爱的土地上，传承您的艺术精神，让您的光芒永远闪耀，我会带着您赋予的力量，继续前行，让您的诗意在我的生命中延续。

愿您在天堂安息，那里定有您最爱的诗韵和最灿烂的星光。

2024年7月于常州

（李琪明，中国民主促进会会员，常州横山博物馆馆长、常州市武进区汪国真艺术馆馆长、江苏清琪雅苑文化产业发展有限公司董事长、扬州大学客座教授、常州市博物馆学会理事、常州市文博鉴赏学会副会长、常州市名人研究会副会长）

执着于那一次相会

——怀念汪国真

唐小平

有这样一则偈语："相会再别离,别离再相聚。秋风吹旷野,一期只一会。"一期就是人的一生,一会就是只有一次的相会。

一位作家先生阐释说:因为生命的每一刻、每一时,都具有绝对的不可重复性,所以无论是父母兄弟、新朋旧友,纵是天天相见,每一次也都是唯一的一次,甚至每一次相会都可能是永别。因而,请珍惜与亲人或朋友的每一次相聚,付出真爱和诚心!不仅对他人如此,还应珍惜与生命中真实自我的相会,给予自己的生命应有的意义。

诚哉斯言!可我颇多时候却顶着一个望文生义、生搬硬套的木鱼脑袋,这不,于是乎偏偏执着于一生确实与之只有一次相会的那些人和事。第一个前来报到的是汪国真。

在国真先生五十九载生命历程中,在本尊迄今五十二又六分之一年的生命行程中,我俩只"一会"于2014年8月19日中午。

汪国真这个名字突然间在神州赤县大放异彩的时候,我已浮皮潦草越过了诗情画意的年龄,正汲汲于初为人父那些神圣的俗务琐事。况当年汪诗洛阳纸贵,更像一场流行文化狂欢,正儿八经的诗歌圣殿对此是忧心忡忡的,是拒之门外的,是惊恐万状的,是挞伐阵阵的。作为一个在至今仍以保守著称的教育体制内混饭的空心人,那时我也不过是作壁上观罢了。

时间是最严格的过滤器。当我 2012 年开始介入一套义务教育语文教科书修订工作的时候，才发现汪国真的诗作早已进入了课本，诵读汪诗已成为课堂上的规定动作了。后来又在网上看见了一个"十首最美的中国现代情诗"的帖子，汪先生《剪不断的情愫》赫然在列。在天上人间、造化弄人的慨叹之余，亦生"恨早岁不曾用功，如今虽欲教弟，譬盲者而欲导人之迷途也，求其不误，难矣"这番曾文正公似的自责与怯惧。为今之计，唯有恶补。恶补之上上策，莫过于从源头入手，方可做到费省效宏、后来居上。在小学中高段课文确定前夕，在中央电视台朋友谭波的引荐下，有了 2014 年初秋那一场"一期只一会"。是的，还真是秋天，只不过旷野不知处，秋风扫大街罢了。

一位即将迈进小学校门、能背几十首唐诗的小朋友，此番随娘亲杨琴女士而来，倒也贴切了小学诗歌教育这个主题，好像我们刻意安排向诗人致敬的小嘉宾一样。

那天，太阳像地外文明悬挂于太空的一个全智能空调机，它善解人意地设置在 25 摄氏度，微风习习才动裙裾。一个中等个儿，微胖，圆

图1　作者与汪国真合影

脸，浓密的美发，黑短袖衫，黑长西裤，黑皮鞋，通体乌黑，仿佛暗物质突然发出的光。一个微瘦的高个儿，方脸，略卷的秀发，全身运动装，一袭白衣白鞋，可谓一枚白衣秀士。北京西单的一栋大楼前，当我们彼此发现的时候，相向趋步。双方正要抬手相执时，小嘉宾如舞台上古怪精灵的机器人一般蹿了进来。"汪伯伯好——"口吐莲花，向暗物质扑腾过去。暗物质旋即止步，躬下身来，伸手把机器人揽在身前。"小朋友好！小朋友好！"宝贝再三。有顷，才圆脸对方脸，两只大手终于第一次握在了一起。

由于都是基于双方共同的朋友的介绍，我们都把这"一会"定位为贵在相识，谁不道来日方长呢？所以谈的"正事"少之又少，留给未来的话题太多太多。

我向先生询问了其诗作收入各版本教材的情况，发现他真还说不上了如指掌，如果允许我生造一个词语的话，"了如脚掌"是最贴切的。

我问先生："如果请您推荐一首自己的诗作进小学课本的话，您选哪一首呢？"他脱口而出："《山高路远》。"我知道，就是"没有比脚更长的路，没有比人更高的山"那一首。

我又问："如果根据教材知识与能力序列设计，需要对诗句做适当改动，譬如某一个单元要讲到押韵，你的某一首诗在其他方面都很适宜入选这个单元，但就是并不押韵。"他想了想，说："不是流传很广的作品或句子，可以。但已经耳熟能详，在读者脑子里固定了的不宜改动。"

我们又就中小学新诗教育现状简单交换了一下意见。共同的看法是，十分薄弱，需要加强。

大量时间里我们都说一些轻松自在的闲言碎语，发生在身边的逸闻趣事呀，时下公众热点问题的随感呀，甚至谈到走过街天桥目睹地摊上屡禁不绝的盗版汪国真诗选一类，先生也毫无愤慨，略有无奈，写满脸上的是宽恕。

任何一个席间，只要有一位五六岁的小朋友在座，那么不管场合有多么正式，多么"大"的大人也很难成为唯一的中心。汪先生很注意把自己的光芒收敛起来，很乐意迎合孩子的天真、淘气，甚至任性。

先生不喜酒，但他提议为了表示新朋友相识，来点啤酒，多少自便，有那么一个意思即可。甚合吾意。

下午有一个教材编审会等着我，国真兄也有一场活动。我们都道相见恨晚，相见恨短，以后一定要多聚、久聚。

爱惜自己的羽毛，但不盲目自恋；尊重读者的感受，但不一味迁就。待人友善、真诚、热情，甚至有"俯首甘为孺子牛"的襟怀。在一场简短的聚会中，先生就给我留下了这些难忘的印象。就我俩的关系而言，我的直觉竟是师兄与师弟。而这种在其他学人看来也许稀松平常的人生际遇，恰好是我一生十分贫乏的，在京城尤感甚焉。就像有人缺少父爱，有人缺少母爱一样，我排行老大，所以没有兄之爱、姐之爱，我乃北漂一族，远离求学的母校，所以难觅师兄之爱、师姐之爱。试想，当你年过半百之后，突然出现一个使你顿生师兄幻觉的人，从此在为学路上，将有一个大哥哥伴着你、疼着你、扶着你、罩着你，你会如何形容自己的这份心情呢？

后来，我们在短信和微信里交流过几次。不久，他南下去了。相约待他回京即聚，我为他接风洗尘。10月上旬他抵达老家厦门时，还特意写了一幅书法作品给我寄来，内容是汪氏经典诗作《热爱生命》中的名言："既然选择了远方，便只顾风雨兼程。"

谁知，数天后，我即失去了自由。

谁知，2015 年 5 月 13 日，接王晴 4 月 26 日书，说当天央视新闻报道，汪国真因肝癌辞世。这消息让我比上一年 10 月中旬那天还要茫然、凄然，岂一番欧阳文忠公祭友之"感念畴昔，悲凉凄怆，不觉临风而陨涕者，有愧乎太上之忘情"所可比拟！吾遽失求正义、争自由、早日重返社会之心力矣！

第三天，我才从悲痛中提起笔来，留下七言八句一首《惊闻汪国真辞世》及附记。

最近读一本邓丽君传记，脑际却反复萦绕着国真兄的音容。我有一个内心确信：邓丽君是歌坛的汪国真，汪国真是诗坛的邓丽君。他们同是 20 世纪 50 年代生人，一前一后不过相隔两三年而已，又都是慢病急发，而英年早逝。他们的歌与诗，在泱泱大陆都经历过从被青少年偷偷地传抄、传唱或传诵，到被正统机构正大光明、众星捧月般地拥进文学艺术殿堂的转变。更重要的是，他们的作品，都是时代的春风，缓缓吹拂 960 万平方公里；都是希望的种子，频频播撒 960 万平方公里。这些诗与歌教人们学会用一颗纯粹的人类之心去爱他人和接受他人的爱，教人们沉下心来，于点滴生活中体悟和营造亲情、爱情、友情和人之常情；这些诗与歌，尤其是汪国真的诗，开始尝试为人们正本清源，用人类的本心去重新诠释生命、生活、青春、快乐、真诚、勇敢、坚韧、勤奋、理想、正义、故乡、祖国等常见词汇，他们用自己的文字和歌声，也艺术地解答了"我是谁""我从哪里来""我要到哪里去"等最基础而又最高端的人生问题。这些带着温度的文字和歌声，强烈地映射出报纸和课本的隔膜。这正是我理解的当年"邓丽君热""汪国真热"的谜底，也正是后来 2009 年邓丽君、汪国真双双荣膺中国网发起评选的"新中国最有影响力文化人物"的奥秘。

图 2　汪国真赠给作者的墨宝

初见成一会，暂别是永诀。虽有幸相识，却无缘相守。聊以自我慰藉的是，这一仅会，我们彼此都做到了"付出真爱和诚心"，正如前述那位作家先生所倡导的。

回忆顶着木鱼脑袋的匠人们的这类机械意义的"一期只一会"的故事，多数时候都难免使人惋惜、伤感、郁闷，甚至痛苦，而且常常会伴以挥之不去的自责。

的确，在现实生活中，如果我们都虔诚地秉持"一期只一会"的理念，把与每一位亲人、朋友乃至其他人，以及真实的自我的每一次相会都珍视为一生中仅有的"一会"，付出真爱和诚心，那么，一生之中就会少一些追悔莫及、不堪回首。禅意的"一期只一会"正是治疗俗意的"一期只一会"的病痛的一剂良药。

非真爱不等于虚情，非诚心不等于假意。在真爱与虚情、诚心与假意之间，有一个很大的行走空间的。因为这个世界上圣人、至人、完人和超人，甚至完全遵从内心真实的人都不是多数，更多的是在各色各样的无奈中妥协前行的常人，那么，在"一期只一会"这个理念之外，给更多的在不断妥协中前行，在一再犯错中长大的常人一个心灵救赎的通道，又当是善莫大焉！

几天前，美国科学家向全世界正式宣布，于2015年9月发现了引力波，是数亿光年外两个黑洞碰撞发出并传到地面的。广义相对论作出的最为缥缈的预测，在爱因斯坦发表广义相对论100周年纪念的时刻得到了科学探测证实。没有人会怀疑，这个发现必将为人类开启一个全新的时代。

广义相对论和量子力学实现了对传统经典力学——牛顿力学的突破。这两个理论将为我们持续揭开我们所不曾知道甚至足以颠覆我们想象的宇宙奥秘，包括存在于人类自身的一系列谜团：时间的本质是什么？空间的本质是什么？生命的本质是什么？意识的本质是什么？感情的本质是什么？自我的本质是什么？很多我们过去习以为常的认识，将被重新定义。

这些惊心动魄的基础科学的突破，对我们的行为有何意义呢？——这正是需要我们像谈一场刻骨铭心的跨界恋爱那样来共同探究的问题。我相信，这些突破将突破我与汪国真们的定数，将突破亲情、爱情、友情和人情的定论，将突破内心那个真实自我的定势，将突破"一期""一会"的定量，将使我们活出一个地球人前所未有的真诚和真实。

2016年2月17日

[唐小平，成都大学文学与新闻传播学院客座教授。主持多项国家级和省级课题研究。在《教育学报》等刊物发表论文若干篇。在《读者（原创版）》等媒体发表散文若干篇。出版有《综合实践活动》（主编，人民出版社）、《全日制普通高级中学语文课本》（合编，人民教育出版社）、《语文教育学》（合编，高等教育出版社）等各学段教材及其他著作]

他像春风一样来过人间

——谨以此文纪念汪国真先生去世十周年

张 雷

时光荏苒，转眼之间，著名诗人汪国真先生离开我们已经十周年了。这十年里，读者并没有忘记他。文章里引用他诗句的，网络中朗诵他诗篇的，比比皆是。他走了，但他留在世间的诗章，将会永远存在。

我们这些70后和80后，可以说是读着汪国真先生的诗歌作品成长起来的一代人。1995年，我在少年时节便开始读他的诗文；2006年，我与汪国真先生取得联系，经常有短信往来问候，他还为我题写了《弱冠诗郎集》书名并题词；2007年，我与汪国真先生相识，直到他2015年去世，我与他交往了九年的时光。在这期间，深感他是行走在世间的君子，是风流在诗间的雅客，是温暖在读者心间的春风。出于敬仰，那些年我和唐思远先生每年春节都会进京看望汪国真先生。汪国真先生生前曾赠我三首诗、多幅书法作品，并为我的诗集撰写过两篇序言。我写过三篇评论他的文章，写过几十首赞美他的诗作。尤其在他离开之后，我每年都会在他去世的日子里题诗怀念，而且每次往往不止一首。

值此汪国真先生去世十周年之际，我深情写下这篇回忆文章。

一、风雅超群，最真、最善、最美

当代著名诗人刘章先生曾在《中国文化报》发表过一篇文章，观点是汪国真的出现,是中国新诗走向繁荣的一个机会。刘章先生认为,汪国真的出现不是偶然,他的诗歌吸取了古典诗歌的营养,很清新、很流淌,能荡涤读者的心灵,看似浅显,却富有哲理和韵味,被广泛流传、广为传诵。

首次听说汪国真先生,是我读了他的《送别》,印象最深的是那句"你的身影是帆,我的目光是河流",我脱口而赞。从此,"汪国真"这个富有诗意的名字,作为一名当代诗人,与历代风流一样深深地镌刻在我的心中。后来,我经常到书店翻阅汪国真诗文。那些天籁一般的优美诗句,有着不食人间烟火的高雅气质。这些充满性灵的、富有哲理和情趣的、浪漫多情的、清新俊逸的诗作,充满着对生活的热爱,对美好的向往,让人陶醉,给人以健康的心灵、向上的力量,让人懂得热爱生命,对美好生活和未来充满信心。他睿智的哲思、超迈的诗情,至今都在激励着我们向上,感染着我们向善。

那些年,汪国真诗歌手抄本盛行,有人剪辑他的诗歌编辑成书,而排队购买汪国真诗集的,全国各地比比皆是。上海一家书店,汪国真诗集曾一上午卖掉4000多本,卖光了库存,还是有很多人在排队。有的书店因为他的诗集哄抢之后,人们还是不断来找来问,书店不耐烦了,就挂上牌子,大概内容是:汪国真诗集已经售完。出版界把1990年称作"汪国真年"。他的许多作品当时就被谷建芬等一些著名作曲家谱成曲,其中那首《挡不住的青春》被徐沛东谱曲后成了电视剧《万岁高三·二班》的主题歌,演唱者是著名歌手蔡国庆。他第二天到大学演讲,学生们前一天就纷纷拿着书去占座位。没到第二天,位置已被全占。他在一所大学演讲,由于学生太多,学校只好用桌子把门堵上,后来桌子竟然被踩翻。还有一次,在大学演讲结束后,他要走,可潮水般的学生围着

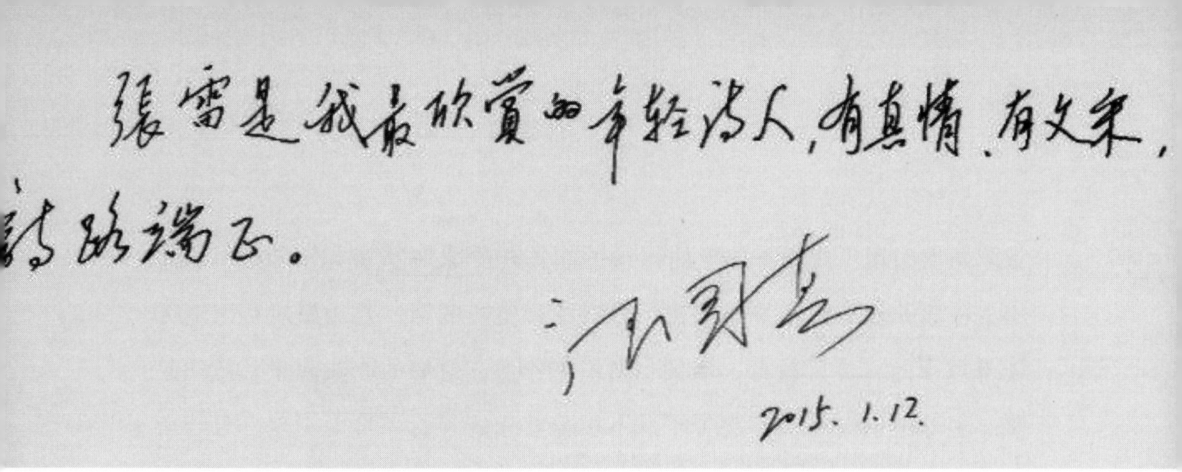

张雷是我最欣赏的年轻诗人,有真情、有文采,诗风端正。

汪国真

2015.1.12.

图1 2015年1月12日汪国真为作者题字

要他签名,走不了,最后学生会的学生手拉手开出一条通道,让他走了出去。他所在的中国艺术研究院,原来只有一名门卫,就因为全国读者给他的来信太多,每天收到100多封,而且多数都是挂号信,因此,中国艺术研究院的门卫由一名增加到了三名。二十年前我下载手机彩铃,当时的彩铃主要是音乐,还有一些相声、小品和戏曲。我想下载一首诗朗诵,搜来搜去,结果发现,只有他的许多诗歌作品能够出现在手机彩铃中,他是真正的王者……可以说,汪国真先生创造了新诗的巅峰,创造了新诗的奇迹。

许多年前,我在网上,应该是在汪国真贴吧读到过一则留言。有人因吸过毒,受过刑事处罚,后来无意中读了汪国真先生的诗,是那些健康向上的诗句,唤醒了他,激励了他,使他步入了人生的正道。诗歌的社会效应是什么,就是古人所谓的"正人心、厚风俗、存善道"的"教化"作用,可见汪国真先生做到了!他诗中的阳光与健康,和那些富有朝气、蓬勃向上的精神,宛如阳光一般温暖着读者的心窗,宛如春风一般呵护着读者的心花。

尤其要讲的是,在2013亚太经合组织(APEC)工商领导人峰会上,习近平总书记曾引用汪国真先生的诗句:"没有比脚更长的路,没有比人更高的山。"2015年11月27日,习近平总书记在中央扶贫开发工作会议上再次引用了汪国真先生的诗句，总书记强调："人穷志不能短，扶贫必先扶志。没有比人更高的山，没有比脚更长的路。要做好对贫困地区干部群众的宣传、教育、培训、组织工作，让他们的心热起来、行动起来，引导他们树立'宁愿苦干、不愿苦熬'的观念，自力更生、艰苦奋斗，靠辛勤劳动改变贫困落后面貌。"

此外，汪国真先生的散文数量也很多，非常深刻、非常精美，丝毫不逊于他的诗歌，堪称经典！在我看来，他的散文也都是用诗的语言来写的。我非常喜欢他的《思念是一种美丽的孤独》《雨的随想》《我喜欢出发》《孤独》《淡泊》《海边的遐思》《友情是相知》《平凡的魅力》《潇洒》等。他在《思念是一种美丽的孤独》中说："月亮弯的时候，思念也弯，月亮圆的时候，思念也圆，不论月亮是弯是圆，思念是一首皎洁的诗。"他在《雨的随想》中写道："有时，外面下着雨心却晴着；又有时，外面晴着心却下着雨。世界上许多东西在对比中让你品味。心晴的时候，雨也是晴；心雨的时候，晴也是雨。"这些美好的篇章，在给人启迪的同时，也给人以美好的享受。他是一名智者，是一位悟性极高的人。读他的诗文，被他的人格魅力与文学造诣深深折服！抛开诗歌不谈，汪国真也是一位卓然的散文大家，只是文名为诗名所掩而已。我对他的诗文作品有十二个字的评论："真哉斯诗！美哉斯文！善哉斯道！"

汪国真先生多才多艺，他不仅文中有诗，而且他的书中也有诗，画中也有诗，音乐中也有诗。他的书画、音乐，是他在用另一种方式抒发他的性灵与诗情。他的书法潇洒俊逸，如蛟龙出海，似云霞舒卷，若长缨飞舞。他的书法给我的感觉是诗人兼书法家的墨迹，更具有灵秀俊逸之气。"月月温馨似梦，日日清新如诗"是著名词作家阎肃先生赠汪国真诗词书法台历出版的贺词。他的绘画贴近生活，富有生机和春意，有一种轻描淡写的、恬静的美，给人以无限的遐思、美好的想象。观其画，如闻阵阵幽兰的馨香，可以说是雅韵无边。汪国真先生从小学过笛子和小提琴，2002年之后他开始作词作曲。他创作的《但愿人长久》《分别多愁》等音乐作品，曾让白雪等歌手演唱时热泪长流。他的音乐，充满着浪漫与多情，可谓高山流水！听之，仿佛在山林漫步，宛若在花丛游走，犹如泛舟在江南，和太白花间对饮，与东坡月下品茗……2009年12月，汪国真先生在北京音乐厅举办"唱响古诗词——汪国真作品音乐会"，这是他的首场个人音乐会。有一年，我亲眼看到白雪在央视演唱由他谱曲的《但愿人长久》，赶紧打电话告诉他，他听说之后非常高兴。在他去世一年之后，北京世纪视觉文化传媒有限公司还在北京中山音乐堂成功举办了"山高路远——汪国真作品音乐会"，我应邀参加了那场活动。著名歌星白雪、著名演播艺术家徐涛、著名演播艺术家瞿弦和等名家出场，中国传媒大学、中国广播之友合唱团、北京舞蹈学院青年舞团、北京国际儿童合唱团的演员陆续登台，可以说是阵容庞大。当年，《为你读诗》栏目邀请他录制了由他自己读自己的诗《嫁给幸福》的音频，那段音频的背景音乐，也是汪国真先生自己创作的音乐作品。

诗文也好，书画也罢，音乐亦然。总之，汪国真先生体现的都是超凡脱俗的境界。他对艺术的领悟是一流的，他天分高超。

1997年7月，北京零点调查公司对"人们所欣赏的当代中国诗人"作了一番调查，汪国真先生名列第一；他的诗集发行量创有新诗以来诗集发行量之最。2000年，他的5篇散文入选人民教育出版社出版的全日制普通高中语文读本第一册。2001年，他的诗作《旅程》入选人民教育出版社的义务教育课程标准实验教科书七年级上册。2003年，他的诗歌《热爱生命》入选语文出版社出版的义务教育课程标准实验教科书

图2　2013年春节作者拜访汪国真先生

（语文）九年级下册。2005年开始，他的书法作品作为中央领导同志出访的礼品赠送给外国政党和国家领导人，并且陆续被镌刻在张家界、黄山、五台山、九华山、云台山、西柏坡等景区。他还应邀为大韩航空公司、新广州白云国际机场和以香格里拉酒店集团为代表的一批旅游涉外饭店创作书画作品。他曾应邀到北京大学、中国人民大学、北京航空航天大学、北京医科大学、北京科技大学、北京外国语大学等数十所高校讲学。中央电视台《东方之子》《艺术人生》《综艺大观》《正大综艺》《纪录片之窗》《名师名校》和凤凰卫视《鲁豫有约》等电视栏目都对他做过介绍。他曾连续三次获得全国图书"金钥匙"奖。2009年，他入选中央电视台评选的"新中国成立60周年百名代表人物"之一，同年入选《中国青年》杂志评出的"新中国成立60周年十名代表人物"之一。

他的诗文写入了课本，写就了巅峰；他的书画作品作为国礼赠送外宾，还曾在荣宝斋（老字号）举办个人画展；他的音乐作品入选了中国音乐学院教材……汪国真先生可以说是占尽风流。

说他最真，他的诗文最大的特点就是真诚，可以说是充盈在字里行间；说他最善，他的诗文写满了向善的信仰，他用积极的心态、奋发的朝气，引领读者百折不回地向前跋涉；说他最美，他笔下的诗情雅韵，陶醉了无数人，影响了无数人，感染了无数人，那种美感，是无与比拟的，是无与伦比的。我真的不知道，如果再给他三十年时间，卓然不群的他又会涉猎到哪些领域，去展示他超越常人的天分与才华。

二、君子如玉，至谦、至诚、至仁

"君子温润如玉"出自先秦《诗经》中《国风·秦风·小戎》的一句"言念君子，温其如玉"。意为思念品德高尚的君子，他的性情温和，宛如美玉。而所谓"至谦"，即他总是很谦和、很低调、很有亲和力。"以至诚为道，以至仁为德"则出自苏轼的名文《上初即位论治道二首·道德》，意为应以至诚、至仁作为人的道德规范，并且去终身行之。

诗品出于人品。汪国真先生不仅诗品极高，他做人也是如此，正所谓诗如其人，人如其诗。

他是一个人品无可挑剔的好人，从来不因为走红而得意忘形，儒雅、友善、谦和的汪国真先生多年以来，可以说是一路芳踪，给读者、给世人留下了如诗如歌的美好印象。读他的作品，宛如春风拂面；与他交往，总是蓦然想起三国时程普评价周郎的语言："与周公瑾交，若饮醇醪，不觉自醉。"与汪国真先生交往，就像沐浴春风、品味美酒一样，令人感到深深的陶醉。他平易近人，没有一点名人架子，永远是微笑着面对世人，才气无双，却又与世无争。

听说有很多次，许多崇拜者拿着盗版的汪国真诗集让他签名，他很为难，说："我陷入了非常为难的境地。如果签了，无疑等于默认了这种盗版书；如果不签，读者是排了很长的队的。"尽管心里很难过，他每次还是都签了。

有一次，我请他吃饭，当时还不是微信时代，心想：他这么大名气，点瓶红酒应该会很贵吧。于是专门从自动柜员机中取出三千元，觉得差不多了，实在不行还可以刷卡。结果到了约定地点之后，汪国真先生说："小张，就咱们两个人，也别进雅间了，简单些吧，我来点。"我们在大厅里占了一张小方桌。印象中，他只点了三个菜，然后又说："我酒量不行，咱们喝两瓶啤酒如何？"汪国真先生身上，没有一丝一毫浮躁的气息，只有高风与亮节，宛若出淤泥的青莲。

著名诗人刘章先生曾对我说过，他曾在南方的一次诗会上请汪国真先生给他写幅书法作品，当时人很多，不知道是忘记了还是什么原因，汪国真先生没有为刘章先生书写。刘章先生说："但我实事求是，仍然说汪国真的诗是好诗。"我当时便告诉刘章先生，肯定是人多场面比较乱忘记了，因为我们这些后生要字他都答应，何况是年长于他的。后来有一次，我在北京谨慎地向汪国真先生提起了此事，他一脸茫然，说可能人太多忘记了，但他很快给我寄来了一幅他的书法作品，落款还有刘章先生的名字，并给我发来短信，让我代他向刘章先生转达问候。汪国真先生忘记向刘章先生赠送书法作品，刘章先生不以为意，仍然说汪国真的诗是好诗。我提醒汪国真先生之后，汪国真先生立刻寄来书法作品，并委托我代其问好刘章先生。两位名家的这一交往故事，可以说是颇见境界，堪称佳话。

2011年秋，我在北京联系汪国真先生，汪国真先生邀请我到明日五洲酒店一起吃饭，说还有一位来拜访他的河南诗友，这位河南诗友是通过汪国真先生的一位朋友的介绍，来求汪国真先生为他的诗集作序。汪国真先生名满天下，与他交往的社会名流甚多。但是赶到酒店后，这位河南诗友与我想象的大相径庭，这是一位衣着、气质都非常朴素的诗友，他是乡政府下属单位的一名普通工作人员，十分内向、不善言辞，给汪国真先生用编织袋带来一些好像是干菜的东西作为心意。而且在席间，此人由于不爱说话，主要是听我和汪国真先生谈笑樽前，但是汪国真先生丝毫不冷落这位诗友，主动热情问话，询问他的情况，还询问介绍他来的那位朋友的近况。这位内向的诗友只要是主动说话，就是拘谨地向汪国真先生介绍他诗集里的内容，想让汪国真先生作序的时候留意。汪国真先生始终不厌其烦，耐心倾听，微笑回答。后来，这篇由名家执笔的序言，发表在《河南日报》上，这位热爱写作的诗友也因此引起县里的重视，并由乡政府下属单位调入县文化部门工作。

提携后进，不吝扶持，一直以来都是汪国真先生令人非常感动的一面。2006年年底或是2007年年初，我的《弱冠诗郎集》再版，汪国真先生为我题写书名并题词"风华妙笔"。2010年12月17日，汪国真先生用短信给我发来三首《赠张雷》："苦心孤诣研诗艺，年少行吟出句瑰。若梦如风还似画，且听笔底起惊雷。""少年诗客世间稀，弱冠曾结俶傥集。剑啸龙吟花亦好，幽燕小将恁伟奇。""花好情浓剑气寒，飘然诗笔落云端。忆昔燕赵相逢日，座上峥嵘一少年。"2011年，这三首诗发表在《诗词世界》和《散文风》，2012年收录于我的诗集《结客少年场行》。2009年10月和2011年9月，他还曾为我的两部诗集《烟花三月》与《结客少年场行》分别作序，并且不吝赞美之辞。他将《烟花三月》的序言题目命名为《诗坛新秀少年行》，汪国真先生开篇写道："我喜欢张雷的诗。张雷的诗有真情，有文采，有意境。因为年轻，张雷并不为太多人所知。但是，当你认真地读过一些张雷的诗作之后，你会有一种感觉，他的诗作水平远胜过一些徒有虚名的所谓诗人……"后来，这篇序言被发表在《公关世界》和《石家庄日报》。他将《结客少年场行》的序言命名为《似曾相识在长安》，他在序中写道："虽然年轻，但他却走出了如此明朗、清正的诗路，且已经达到了很高的境界，非常难得。他以诗为生命，生活中的许多事情都能信手拈入诗里。他的诗歌热情奔放、多情重义、关心国事、关注社会民生、正气浩然，正如他的诗句'要向人间播正气，敢称笔下有清风'。读他的诗集，宛如缕缕清风拂面，令人神怡。"后来，这篇序言陆续发表于《太行文学》《石家庄日报》《天山天池诗刊》《燕赵晚报》《中国诗词选刊》《中国乡土诗人》。这三首诗和两篇序言，在2023年都被选入汪国真先生的妹妹汪玉华女士主编的《汪国真诗文全集》中。

而说到《汪国真诗文全集》，就不得不提到著名书法家、诗人庞中华先生，因为小时候临过庞中华先生的字帖，有一次和汪国真先生在京谈论起庞中华先生，汪国真先生说："小张，你认识庞老师吗？他也写诗，是我的好友。"我当时并不认识，汪国真先生于是就把庞老的手机号码发给了我。事后我经过思考，未贸然给庞老去电，而是写了一封信，在信中也没有提汪国真先生。当时想，先看看庞老对我的作品感不感兴趣吧。没想到庞老很快回电，我们第一次通话就聊了一个小时，那次在电话里我才提到汪国真先生。后来，我与庞老交往渐多。汪国真先生去世后，有一次我因事进京，特邀庞中华先生与汪国真先生的妹妹汪玉华女士共进晚餐。在此之前，汪玉华女士与庞老并不认识。因为这次聚会，汪玉华女士后来特邀庞中华先生参加了《汪国真诗文全集》分享纪念会。当时是在北京国际图书博览会举办，名家为名家助阵，双星闪耀，活动颇为成功。人云"广结善缘"，汪国真先生即是如此。

当今诗坛，我最喜欢汪国真先生的诗。当代歌坛，我最钟情陈小奇先生的歌。在我心目中，他们是"北汪南陈"。最后一次在京见到汪国真先生，是2014年10月底，那次在席间，我拨通了陈小奇先生的电话，说了两句之后，便将手机交给了汪国真先生。看得出，他们对对方都很感兴趣，聊了很久。我想他们之所以文人相惜，应该是因为陈小奇先生最初的人生梦想是诗，而汪国真先生最后的人生梦想是音乐，他们的成就可以说是互补的。两人不曾谋面，那次通话，他们互邀对方抽时间到自己所在的城市做客。遗憾的是，半年之后，汪国真先生去世，天人永隔，他们最终都没有见到对方。后来非常奇怪的是，连续有好几年，北京有纪念汪国真先生活动的那两天，陈小奇先生总是有事抵京，或举办音乐会，或召开音乐作品研讨会，或有其他活动，且时间总是会和纪念汪国真先生的时间错开，或早一天，或迟一天，并不冲撞。而我总是两边的事情只须进京一趟，参加了这头再参加那头。那次改革开放四十周年陈小奇先生音乐作品北京研讨会，陈小奇先生也深感可惜，说如果他还在，我们会邀请。

2015年1月，即汪国真先生去世前，他还曾为我的《问天酹月集》题词。那一次，我不知道他是否有预感，坚持要用毛笔为我题写，我说您赠我的墨宝太多了，就用钢笔题吧。在我一再坚持之下，汪国真先生给我寄来他最后赠我的题词："张雷是我最欣赏的年轻诗人，有真情，有文采，诗路端正。"2015年，应是3月，我最后一次与他通话，他告诉我他得了急性黄疸肝炎，正在北京302医院住院，他把病房和病床号都告诉了我。几天后是周末，我想进京去看望他，结果发现他关机了。我当时还没有他家人的电话，再也无法联系到他。还在不在医院，是出院了，回家了，还是到外地疗养了，我一概不知，一片茫然。我更没想到他患的是绝症，如果知道，不管他还在不在医院，我都会试着去一趟。总之，再也没有拨通他的电话，直至一个月后突然收到噩耗，到八宝山送他最后一程。

2015年，汪国真先生去世后，中国艺术研究院为他举办"青春犹在——诗人汪国真追思会"，我参加了那次活动。与会人员对汪国真先生最多的评价是"谦谦君子""非常谦逊，有君子之风"。当时，我尤其注意到了与汪国真先生同在中国艺术研究院工作的一位同事的发言，他说有一次汪国真先生没有开车到中国艺术研究院上班，下班的时候这位同事坚持要开车送他回家。考虑到首都很大，车辆拥堵，汪国真先生一再谢绝，这位同事一再坚持要送。走了一段路之后，汪国真先生说正好他到这里办个事，就送到这里吧。这位同事称，就在汪国真先生下车以后，他在等红灯的这一时间段里，发现汪国真先生走进了地铁站……那些年，在汪国真先生身边，诸如此类般让我们感动的事情很多。

汪国真先生经常对有难处的朋友说的一句话是："如果我能够帮助你，请尽快告诉我。"认识他的这些年，我没有见过他冲谁发火，也没有见过他贬低他人、嘲弄他人。客观地说，用世间至善至美之词来形容他，皆不为过！他只有善良，没有邪恶，只有真诚，没有虚伪。先生故去之后，我经常来到他的墓前，一共来过多少次，我已然记不清了。尽管每次进京时间都很紧迫，我总是愿意挤出时间，带上酒来到他的墓前，默默地待着，喝完才肯离开。

说他至谦，他从不口出妄语，总是随和低调地待人接物。"君子温润如玉"这句话，简直就是为他而量身定做；说他至诚，他从来没有虚情假意地对待身边之人，眼眸中始终流露着一份难得的清澈与诚挚；说他至仁，他总是满怀宽仁慈善，从未有过刻薄之语，从来大度的他，从未在为人处世中与谁斤斤计较。回想与他的交往，我很惊讶地发现，我竟然找不到他的缺点。

总之，汪国真先生宛如春天的使者一般。他用他的儒雅、真诚与善良温暖着身边的每一个人。他的诗文、书画和音乐宛如春风，带给人间一片盎然的春意，生生不息。他的作品，会是诗歌史上一抹永恒的阳光！他用并不漫长的生命，谱写了许多不朽的篇章，向世人传递的都是正能量。他的诗，仿佛是寒夜里一把明亮而又温馨的火炬，温暖并照亮了每一位读者的心湖。他用真诚的诗句、美好的情感、深刻的哲理，尽情地消释着读者内心的烦恼和迷茫。他真诚的灵魂和高雅的诗作，以及他豁达自信、积极奋发的人生态度，将会永远激励着我们！

汪国真先生永生！

末了，附上我悼念汪国真先生去世十周年的几首诗作，聊表思念之情：

汪国真先生去世十周年祭

一

故人乘鹤到蓬瀛，别路十年孤亦清。
惯向思园沽烈酒，漫从江海赋幽蘅。
龙泉沉狱丹心老，诗海无君倦意横。
一自先生离去后，月华不复旧时明。

二

别来如梦是浮生，回首风华暗自惊。
煮雪楼前斟玉斝，垂杨影里忆春晴。
清幽客栈昆吾剑，寂落扁舟鸥鹭盟。

遥向青天歌一曲,流云无语月无声。

三

闻名便觉把清芬,诗笔风流独逸群。

笃信亭前人有泪,十年落拓向谁云。

西江月·怀念汪国真先生

荏苒光阴似水,十年不见诗星。马连故道尽幽清,唯有旧时灯影。

我到思园来谒,泪挥笃信长亭。一从别后甚伶仃,空对冰蟾如镜。

他像春风一样来过人间
——怀念汪国真先生

岁岁春朝,

总是让人陷入深深的怀念。

尽管那些过往的点点滴滴,

已经在荏苒岁月中渐行渐远。

时光的河流,

淘不尽记忆中的五彩斑斓。

在风霜驿路、炎凉冷暖中,

反而历久弥香,愈加丰满。

那卓然不群的君子风度,

总是潇洒而又翩翩。

他是阳光游子,

在风流雅韵中已把山河游遍。

无论是海上的惬意，
抑或是月下的流连。
他把无边的诗意，
恣肆地播撒在缤纷绚丽的诗笺。

他醉过江南的雨，
他题过云中的山，
他让清澈澹荡的风雅诗行，
在汹涌风行中，纸贵相传。

红尘陌上，
碧柳溪边。
他曾像春风一样，
来过人间！

2025 年 2 月 25 日

[张雷，1982 年 7 月生，河北赵州人。中华诗词学会理事，河北省诗词协会副会长、会长助理、省直工作委员会主任，中华诗词学会网校河北分校、河北省诗词协会网校副校长兼教务长，河北省诗书画印研究会特聘副会长，河北省采风诗词院院长。著有《弱冠诗郎集》《烟花三月》《结客少年场行》《问天酹月集》《少年行·大江东去》(与年轻诗友合著)，曾主编庆祝改革开放 40 周年诗集《诗词颂河北》。作品多次获奖，多次在《诗刊》《中华诗词》《诗词月刊》等各级报刊发表]

我寻觅你的目光

——怀念胞兄汪国真

汪玉华

时光飞逝，我们在时光的隧道里向天堂行走。

"国真，你走得那么快，到天边变成了星星，给我们留下了无尽的遗憾……"

"国真，今天的星星真多，你在哪儿呢？你看见我了吗？我就站在咱们院儿里，向你招手呢。我跟你说，今天……"

哥离开我的四年中，我常常这样在星空下与他聊天。夜深人静的时候，或者清晨醒来的时候，想他，有时任凭泪水默默流向枕边……沉静一会儿之后，我会收拾好心情，满怀憧憬地投入新一天的生活和工作。

四年来，我和亲人们、朋友们一直都在以不同的方式怀念他、纪念他，他一直活在我们的心里，不曾离开，如同那"闪烁的繁星"！

一天，我接到《经典咏流传》栏目组的来电，表示有意向选择汪国真老师的作品播出。听到这个消息我非常高兴。2017年11月20日下午，导演闫雨丝、梁霄和我交谈了两个多小时。直到今天，那番畅谈仍清晰如昨。闫导问我："汪国真老师在面对困难、身处逆境时是怎么做的？"这个问题一下把我拉回到过去，我仿佛看到了哥平静的面容、略带忧郁的眼神。

1984年，我哥开始写诗。最初当然是不顺利的，甚至是困难的，他经受过90%的退稿率。但他不气馁，不断地学习、研究、总结、提高，创作了大量的作品，然后择优投稿，这就是他自己所说的"觅知音时期"。在那段时间，我和父亲常常是他诗作的第一读者。1985年的一天，哥给我看一首诗——《山高路远》。最后两句是"没有比脚更长的路，没有比人更高的山"。我一时没明白，觉得从物理学的角度看这话有问题。我问哥："脚这么短，路那么长，为什么说'没有比脚更长的路'？人这么矮，山那么高，为什么说'没有比人更高的山'？"他平静地回答我说："路是人走出来的，因此没有比脚更长的路；人登上了世界最高峰——珠穆朗玛峰，因此，没有比人更高的山。"我顿时想起了中国登山队登顶珠峰的事，于是一笑："嘿，你还挺会想的，是那么回事。"1984年，《年轻人》杂志发表了他的《我微笑着走向生活》。1986年，《诗刊》发表了他的《让星星把我们照亮》等。1987年，《中国作家》发表了他的《山高路远》。1988年，他的成名作《热爱生命》在《追求》杂志发表，并被《读者文摘》在刊首转发。这些作品的影响力迅速扩散，越来越多的人知道了"汪国真"这个名字，甚至开始寻找、手抄、传诵他的作品。许多年轻读者渴望得到他的诗集。终于，1990年，他的第一部诗集《汪国真抒情诗选——年轻的潮》出版，之后不断加印、再版。据说，那一年开始了"汪国真热"，甚至有人把那一年称作"汪国真年"。我当时在心底对哥念着毛主席的一句诗："待到山花烂漫时，她在丛中笑。"我知道我哥是怎么迎来他的"山花烂漫"，怎么成为"一匹黑马"的。坚韧和勤奋，就是他的法宝。

1991年年中，突然起了变化。有一篇报纸文章批评汪国真诗歌肤浅，有拼凑之嫌。多家报纸转载了这篇文章。事实上，那篇文章中批评的诗，并不是我哥的诗作。但他还没来得及解释，批评、谩骂、攻击已经一哄而上。回顾那段历史，我的感觉与报纸文章标题不谋而合——"汪国真的悲哀"。所幸，有真诚的读者在支持我哥。今天，我要对他们说声"谢谢"，谢谢他们陪伴我哥经历了心理上、创作上的严峻考验。他们一定知道，在那些日子里，汪国真的表情是凝重的，满脸的委屈、痛苦和无奈。最后，我哥用"有则改之"的心态对待批评，决定专注于做最优秀的自己。他"不去想身后会不会袭来寒风冷雨"，"不去想未来是平坦还是泥泞"，不管风吹浪打，他只选择"热爱生命"。

1993年，我哥开始练习书法。2000年前后，他又开始学习谱曲。虽然批评之声并未完全消失，但这丝毫没有影响他坚定地向着自己既定的目标勇往直前。1997年，北京零点调查公司在北京、上海、广州、厦门、重庆等城市针对十八岁以上居民进行"人们所欣赏的当代中国诗人"的调查，结果显示，在1949年后出生的诗人当中汪国真名列第一。2000年，我哥的五篇散文被选入语文课本。看着哥的创作和心态越来越成熟，越来越有境界，我常常想起毛主席的诗——"踏遍青山人未老，风景这边独好"。

从闫导的谈话中，我很高兴地了解到，喜爱汪国真诗歌的读者一直都在。出生于1936年的清华大学英语教授蒋隆国老先生，因为多年钟爱汪国真的诗，选出了其中的八十首译成英文，于2013年出版了《诗情于此终结：汉英对照汪国真诗选》。2009年，文化部下属机构组织了"唱响古诗词——汪国真作品音乐会"。这么多年，我哥真诚地创作，读者真诚地回应，有了这种真诚的相遇相知，我想，我哥已经拥有了"无憾的人生"。

《山高路远》是许多读者喜爱的一首诗，蒋隆国教授把这首诗放在他的译作的开篇，许多人（尤其是主持人）喜欢诵读这首诗。经过反复考虑，我向导演推荐了《山高路远》。

2019年1月28日，小年。《经典咏流传》第二季第一期上，谭维维豪放地唱出了《山高路远》，演唱背景是1975年中国女登山运动员潘多从北坡登上珠穆朗玛峰。作为世界上第一个从北坡登上珠峰的女性，潘多为祖国赢得了荣誉，生动地诠释了汪国真的名诗"没有比脚更长的路，没有比人更高的山"。我想对哥说，在那一天的现场群情激昂，所有人看到了登山运动员披荆斩棘的豪迈，而我看到了你执着向前的倔强。

　　我最大的惊喜来自著名教授康震的点评。康老师说："如果一个诗人写诗表达的是绝大多数人的心声，我们会说他是人民的诗人，我觉得汪国真就是这样的人民的诗人。今天我们纪念他，怀念他，未尝不是在怀念我们自己的青春。歌唱汪国真老师的诗，未尝不是在传承中国的古典文化，未尝不是在向中国的古典诗歌致敬。"虽然我们和康震老师从不相识，但他是我们的知音，他说出了我们的心里话。是的，汪国真一直在真诚地为广大读者创作，他的追求就是让正能量的诗歌在人民的心中生根、开花。汪国真不仅是我的胞兄，他还是新中国培养的优秀中华儿女之一，他的诗属于人民，他是人民的诗人！

　　《山高路远》在《经典咏流传》的舞台上唱响后，影响力迅速传播，"汪国真"的名字顿时又热了起来。

　　2019年春节期间，我哥的好友和人民文学出版社的一位领导来给我拜年。他们怀着极大的热情，希望在汪国真诞辰六十三周年之际，出版《汪国真自选诗集》，由我选出我哥自己最喜欢的六十七首诗作，由好友黄建明先生提供我哥的照片。

　　2020年我哥就离开我们五周年了，我一直想用一种特别的方式留个纪念。恰巧2019年的5月我和我哥的母校北京师范大学附属实验中学校友会组织了一个色粉画绘画班，教授肖像画，我报名去学习。当时我就

图 1　汪国真像（汪玉华绘）

突发奇想：如果我进步得足够快，就为我哥画一幅肖像画放在即将出版的纪念诗集里。

抱着这个希望，我做了七个月的努力，画了数十张不同人物的肖像画练习。终于，12 月 22 日我完成的我哥的肖像画得到了我的母亲及我哥的画家朋友、生前好友的认可。出版社方面表示可以用在纪念诗集里，得到这个肯定，我兴奋得像个孩子。我完成了零的突破，大家都觉得太神奇了，似有神力在相助，我想这神力就是亲情。

我的努力成功了！在此，特别感谢实验中学校友会给我的机会，感谢著名旅美画家曹小山老师的无私奉献！

在我看来，最好的纪念就是传承。感谢中央广播电视总台、作家出版社以及各界朋友传承汪国真的诗歌。众人拾柴火焰高，希望这本与众不同的诗歌自选集能给予广大读者"永恒的快乐"！

附汪国真诗：

思念

我叮咛你的

你说　不会遗忘

你告诉我的

我也　全都珍藏

对于我们来说

记忆是飘不落的日子

——永远不会发黄

相聚的时候 总是很短

期待的时间 总是很长

岁月的溪水边

捡拾起多少闪亮的诗行

如果你要想念我

就望一望天上那

闪烁的繁星

有我寻觅你的

目——光

2020 年 2 月 25 日

[汪玉华，汪国真胞妹，1982 年毕业于北京建筑工程学院（现北京建筑大学），教师，《风雨兼程：汪国真诗文全集》主编]

后　记

值此胞兄汪国真离开我们十周年之际，我怀着无比崇敬与怀念之情，萌生了编纂一本汪国真纪念文集的念头，旨在通过文字的形式，让更多人重温胞兄的风采，铭记那些不朽的瞬间。我与胞兄挚友黄建明共商此事，倾听他的建议，他很支持，于是我们共同策划了这件事。

自2023年年初起，我便着手邀请胞兄的亲朋好友、昔日同窗及共事伙伴，恳请他们撰写回忆文章，共同勾勒出与汪国真先生共度的难忘岁月。这些珍贵的文字，仿佛让胞兄的音容笑貌重现在我们的眼前，温暖而生动。经过两载的不懈努力，我们成功汇集了20余篇饱含深情厚谊的回忆文章，并持续在《赤子》杂志上刊发了一年多，赢得了读者的广泛好评。在此，我要向所有参与撰写的作者朋友表示最诚挚的谢意！同时也要感谢《赤子》杂志总编赵焕军先生与常务副总编马宏光先生的鼎力相助。

十年间，我见证了胞兄的影响力跨越时空，激励着无数人前行。从中央电视台、江苏卫视等媒体的节目制作，到作家出版社、长江文艺出版社等机构的图书出版，再到西安交通大学王树国校长在2022年毕业典礼上对胞兄的诗歌引用，胞兄的作品始终焕发着鼓舞人心的力量。面对著作权、名誉权的捍卫之战，我始终与胞兄保持一致的立场，坚决维护他的名誉与权益。

2023年12月5日，我与母亲有幸一同出席了中国艺术研究院文学艺术院成立二十周年艺术作品汇报展的庆典，目睹了我为汇报展提供胞兄的珍贵图文音像资料在专区展出，感到很欣慰。胞兄自 1982 年起便在中国艺术研究院工作，直至 2015 年离世，他的职业生涯与成就均源于此。我收集到的正版图书多达 135 本，而盗版与侵权现象亦从未停歇，这从侧面印证了胞兄作品的深远影响与顽强生命力。

在纪念文集《汪国真和他的朋友们》即将出版之际，我要特别感谢胞兄的两位领导——原文化部副部长、中国艺术研究院院长王文章先生，与中国艺术研究院艺术创作院原院长朱乐耕先生。王院长在繁忙之中抽空撰写"回忆"作为本书序言，朱院长则亲笔题写书名，这份深情厚谊令我感动不已。为了更具体地展现汪国真先生作品的影响力，我将他入选中小学课本的 33 篇（首）作品及发表在《诗刊》《星星诗刊》和《中国作家》等刊物的作品也纳入文集，这同样得到了两位院长的赞同。同时，我要对出版社的领导及同事表示由衷的感谢！因为，我们在选择出版社时，首先想到了文化艺术出版社，这是胞兄工作过的地方，更是他 1990 年第二本诗集《年轻的思绪》出版的地方，时隔 35 年，纪念文集在这里出版更具纪念意义。在中国艺术研究院徐福山副院长、叶茹飞老师的帮助下，在社领导及同事的支持下，我们的愿望得以实现。

最后，愿这本纪念文集《汪国真和他的朋友们》能够成为一盏明灯，照亮读者的心灵，传递温暖与力量。

汪玉华

2025 年 3 月 23 日于北京

图书在版编目（CIP）数据

汪国真和他的朋友们 / 汪国真等著；汪玉华编.
北京 : 文化艺术出版社, 2025.6. -- ISBN 978-7-5039-7840-1

Ⅰ. I227；K825.6

中国国家版本馆CIP数据核字第2025Z818U9号

汪国真和他的朋友们

特别策划	中国通俗文艺研究会汪国真艺术委员会　汪玉华　黄建明
著　　者	汪国真等
编　　者	汪玉华
特约编辑	谢瑾岩
责任编辑	廖小芳
责任校对	董　斌
书籍设计	顾　紫
出版发行	文化藝術出版社
地　　址	北京市东城区东四八条52号（100700）
网　　址	www.caaph.com
电子邮箱	s@caaph.com
电　　话	（010）84057666（总编室）　84057667（办公室） 　　　　84057696—84057699（发行部）
传　　真	（010）84057660（总编室）　84057670（办公室） 　　　　84057696（发行部）
经　　销	全国新华书店
印　　刷	国英印务有限公司
版　　次	2025年7月第1版
印　　次	2025年7月第1次印刷
开　　本	710毫米×1000毫米　1/16
印　　张	18　彩插　10页
字　　数	198千字
书　　号	ISBN 978-7-5039-7840-1
定　　价	78.00元

版权所有，侵权必究。如有印装错误，随时调换。